KB078498

FUSION FANTASTIC STORY

탁목조 장편소설

천공기

穿孔機

# 천공기 8

탁목조 장편소설

초판 1쇄 찍은 날 § 2016년 3월 14일
초판 1쇄 펴낸 날 § 2016년 3월 21일

지은이 § 탁목조
펴낸이 § 서경석

편집책임 § 이재림

펴낸곳 § 도서출판 청어람
등록번호 § 제387-1999-000006호
등록일자 § 1999. 5. 31
어람번호 § 제1-2377호

주소 § 경기도 부천시 원미구 부일로 483번길 40 서경B/D 3F (우) 14640
전화 § 032-656-4452  팩스 § 032-656-4453
http://www.chungeoram.com
E-mail § chungeorambook@daum.net

ISBN 979-11-04-90698-5 04810
ISBN 979-11-04-90408-0 (세트)

FUSION FANTASTIC STORY

탁목조 장편소설

# 천공기

穿孔機

**8**

[완결]

도서출판 청어람

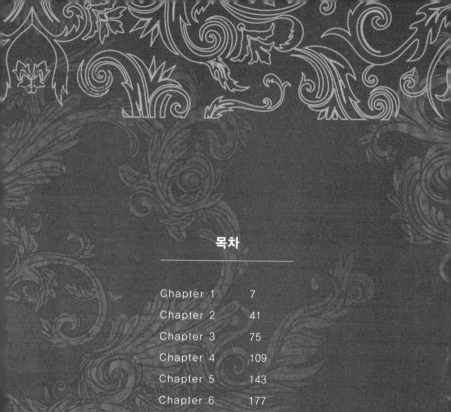

# 목차

Chapter 1    7

Chapter 2    41

Chapter 3    75

Chapter 4    109

Chapter 5    143

Chapter 6    177

Chapter 7    213

Chapter 8    247

에필로그    283

작가의 말    297

Chapter 1

## 천공 필드의 주인

그것은 거대한 탑이었다.

처음 필드가 되었을 때에는 필드를 유지하기 위해서 만들어 낸 건축물들이 중앙에 있는 파란색 에테르 코어를 핵으로 해서 하나의 마법진을 구축하고 있었다.

하지만 그것은 지금 천공 필드를 이루고 있는 거대한 탑에 비하면 규모로 보거나 그 내용물의 충실도로 보거나 서로 견줄 수 없을 정도로 하찮은 수준이었다.

그는 그런 초라한 구조물에 하나씩 새로운 것을 덧붙여서 천 공 필드 전체를 하나의 거대한 생명체로 탄생시켰다.

겉으로 보기에 천공 필드는 전체가 하나의 거대한 건축물로 보인다.

하지만 그 거대한 탑은 단순한 건물이 아니었다.

그것은 동맥과 정맥은 물론이고 실핏줄과 같은 에테르의 흐름을 가지고 있고, 그것이 결국 하나의 사고 체계를 만들어 내는 생명체다.

"씨즈……."

[우-우-웅-우-우-웅-우-우-웅!]

탑의 가장 높은 곳, 엄청난 크기의 자주색 구체가 올려 있고, 그 구체 안쪽에는 한 사람이 커다란 석조 의자에 앉아 있었다.

"이제 머지않아서 새로운 시대가 열린다. 그건 씨즈, 너의 도움이 없었다면 불가능한 일이었겠지."

[웅-우-우-우-웅-우-우-웅-웅-웅!]

의자에 홀로 앉아 있는 이의 정체는 다름 아닌 천공 길드의 마스터 고철한이었다.

그리고 그의 말에 반응하며 묵직한 에테르의 떨림을 만들어 내는 것은 다름 아닌 탑이었다.

정확하게는 그 탑이 만들어낸 에고가 고철한의 말에 반응을 보이는 것이다.

"이해하기 어려운 일이다. 진강현, 그 녀석 말이야. 제가 하기 싫다고 다른 사람도 그럴 거라고 생각했단 말이지. 사람은 제각각 생각이 다른 법이거늘."

[웅-웅-웅-웅.]

"우리 신인류는 거의 영원한 생명을 얻었다. 아니, 더 정확하게 말하자면 스스로 죽음을 선택할 때까지는 죽지 않을 몸을 얻게 되었지. 거기다가 에테르를 이용하는 것도 다른 어떤 종족보다 뛰어나다. 따지고 보면 우리보다 우월한 종족은 찾기 어렵지."

[우-우-웅]

"물론 그렇다고 우리가 다른 종족을 지배한다거나 그럴 이유는 없지. 그것 역시 선택일 뿐이야. 그렇게 하고 싶으면 하는 것이고, 아니면 마는 것이고."

[웅-웅-웅-웅-웅!]

"나는 별 욕심이 없었어. 강현이, 그놈이 그냥 내버려 뒀으면 나는 내 몸에 실험을 하는 정도로 끝냈을지도 몰라. 그런데 그놈이 그걸 감춰버렸지. 나를 화나게 한 것은 그놈이었어. 자그마치 십 년이 넘도록 고생을 시켰으니까 말이야. 뭐, 그 때문에 나도 성질이 좀 났지."

[웅-웅, 우-웅, 웅-웅-웅.]

"음, 솔직하라고? 하긴 처음엔 내 몸에만 실험을 했겠지만 이후에는 계속해서 신인류를 만들었겠지. 그러면서 내 세력을 키우고, 결국에는 대한민국을 넘어서 지구 전체를 손에 넣었을 거야. 물론 그 후에는 더 넓은 세상을 노렸겠지. 우리, 신인류보다 하등한 것들이 어깨에 힘을 주는 것은 옳지 않지. 세상은 강자의 것이어야 하니까."

[웅우우웅.]

"새로운 세상이 열린다고 했잖아. 우리 신인류는 이 우주에서 가장 뛰어난 종족으로 기억되며 지배자가 될 거야. 물론 그 지배자들의 왕은 내가 되겠지."

[우웅.]

"물론 에테르 코어는 무섭지. 에테르 기반 생명체 전체를 통제하는 그 존재는 정말 대단하지. 하지만 나 역시 그와 같은 위치에 설 수 있고, 그보다 더 나을 수도 있지. 요는 얼마나 많은 수족을 다룰 수 있느냐 하는 거 아닌가?"

[우우웅! 우우웅! 우웅!]

"그래, 지금은 미약하지만 이번 실험이 마무리되면, 이후로 에테르 기반 생명체거나 혹은 탄소 기반 생명체거나 상관없이 모두가 내 수족이 되는 거다. 더 이상 백신 따위를 개별적으로 뿌릴 이유가 없지. 이제는 마법진의 가동과 동시에 백신을 잠복시키고, 그 몸이 에테르 생체구조로 어느 정도 변화가 진행되면 백신이 작동하도록 하면 되는 거지. 그러니 마법진의 가동만 이어지면 내 권속들은 수도 없이 늘어나게 되는 거지. 그러면 결국 에테르 기반 생명체의 어머니라고 하는 그 코어에게 내가 밀릴 것은 없지. 안 그래?"

[우우웅, 우우우웅.]

"그래, 그런 거지. 욕망이라고 하는 것이 어디 끝이 있을까? 작은 것에서 시작해서 성공과 성공을 거듭하며 커지는 것이다.

그러다가 어느 순간 실패를 하면 다시 처음부터 시작해야겠지. 아니면 포기를 하거나. 그런데… 여전히 에테르 수급은 문제가 있구나. 좀 더 많은 에테르를 얻어야 하는데 말이다."

[우-우-웅. 우웅.]

"음? 그야 그렇지. 지구의 행성코어를 손에 넣기만 한다면야 지금보다 훨씬 많은 에테르를 생산할 수 있겠지. 하지만 또 그러기 위해선 필요한 에테르를 축적해야 하니 일종의 딜레마인가?"

[우웅우웅, 우-우-웅, 우웅-!]

"그건 어떨지 모르지. 하지만 지구 전체가 필드화된다면 그 행성 코어도 힘을 잃지 않을까? 행성 자체가 본래의 위치에서 벗어나는 것이니 행성 코어의 시스템에도 문제가 생길 것 같은데? 물론 그게 아니어도 상관은 없지. 행성 코어가 만드는 기운을 에테르로 녹여내면 될 일이지. 그쪽이 에테르 수급이 훨씬 쉽지 않나?"

[웅-우-웅웅! 웅웅웅웅!]

"문제는 시간이지. 그저 때만 기다리고 있어야 한다는 것이 나를 무료하게 만들기는 해. 그나마 새로 들어온 권속들을 보는 재미가 있어서 요즘은 좀 나은 편이지."

[웅웅웅웅. 웅웅웅.]

"아니야, 강제로 변화를 촉진시키는 것은 좋지 않아. 괜히 에테르만 소비하는 꼴이지. 그냥 두어도 결국은 변하게 될 텐데

군이 서두를 이유는 없지."

[우웅웅웅웅!]

"굶어 죽는 이들이 나오는 것이야 어쩔 수 있나. 몸이 허약해
지면 변화가 더 빨라지기도 하니 그냥 두지. 대신에 몸의 변화
를 이끌어 내면 굶어 죽을 일이 없다는 것은 좀 더 적극적으로
알려주도록 하지. 그럼 굶주림을 벗어나기 위해서라도 에테르
생체구조를 적극적으로 받아들일 것이 아닌가. 하하하!"

고오오오오오, 쿠우우우우웅!

고철한이 웃음을 터뜨리는 순간 천공 필드의 거대한 탑이 엄
청난 에테르를 순환시키며 진동을 했다.

그리고 그와 동시에 천공필드에서 뻗어나간 에테르 통로를
따라서 고철한의 의지를 받은 명령이 흘러나갔다.

이번에 새로 편입된 파나마 필드로 전해지는 명령이었다.

그곳을 관리하고 있는 신인류들은 고철한의 명령에 따라서
지배 방식에 약간의 변화를 줄 것이다.

그리고 굶주림에서 벗어나는 방법으로 에테르 생체구조를
받아들이는 것을 적극적으로 권장할 것이다.


\* \* \*


"이게 리더 몬스터? 그 폭탄이란 말이지?"

재한이 목에 흰 무늬가 있는 검은 고양이를 쓰다듬으며 눈빛

을 빛냈다.

"맞아, 에테르 기반 생명체지. 그것도 이전엔 평범한 고양이였다가 크라딧 필드로 끌려가서 몸이 변한 돌연변이."

세현이 팔짱을 낀 상태로 고양이를 쳐다보며 무심한 어조로 말했다.

"그런데도 이렇게 순하단 말이야? 전혀 반항을 하지 않는데?"

"사람들과 함께 있으면 온순해. 그런데 사람이 없는 곳에 혼자 가둬두면 난리가 나지. 어떻게든 사람들과 함께 있으려고 하는 녀석이야. 리더 몬스터는 모두가 그런 성향을 지니고 있어."

"그거, 사람들 없는 곳에서 리더 몬스터들이 떠도는 것을 방지하기 위해서 그렇게 만든 거겠지?"

"놈들이 원하는 것은 사람들일 테니까. 뭐 끌고 가는 범위가 넓어서 그렇게까지 신경 쓰지 않아도 될 것 같기는 하지만, 일단 사람들이 없는 곳에 오래 있으면 리더 몬스터가 스트레스를 견디지 못하고 죽는 모양이더라고. 그렇게 되면……."

"사람들이 없는 곳이 실험의 중심이 될 확률은 떨어지게 되니까 인구가 많은 곳을 끌고 갈 확률이 높아진다는 거겠지."

"그런 거지."

"그나저나 지금 그쪽으로 사람들이 많이 몰린다면서?"

재한이 고양이를 끌어안은 상태로 세현을 보며 물었다.

"그쪽? 아, 리더 몬스터들을 격리해 놓은 공해상?"

"한 곳이 아니라 세 곳으로 늘렸다고 들었는데?"

"한꺼번에 리더 몬스터를 모두 잃는 것보다는 나을 거라고 그렇게 했다더군. 그런데 사람들이 몰리는지 어떤지는 네가 더 잘 알지 않나?"

세현이 자신에게 상황을 물어보는 재한을 향해 뚱한 표정을 지었다.

"그냥 너도 알고 있나 해서 물어본 거지. 그리고 그런 상황에 대해서 어떻게 생각하느냐 하는 거지 뭐."

"그런 상황이라……. 생각해 보면 당연한 거 아닐까? 그들 입장에서야 죽음을 피할 수 있다면 당연히 매달릴 수밖에 없지. 확실히 수명 연장이나 영생이라고 하는 쪽은 그만한 가치가 있는 거지."

세현은 어쩔 수 없다는 표정으로 대답했다.

그것은 지금 공해상에 있는 연구선으로 몰리는 사람들에 대한 이야기였다.

리더 몬스터의 포획에 대한 이야기가 널리 퍼지면서 수많은 배가 그 연구선 쪽으로 몰려들었다.

그런데 그 배들에 타고 있는 이들은 대부분 나이가 든 노인들이었다.

그들은 자신들이 파나마에 있지 못했다는 사실을 안타까워하는 이들이었다.

아무리 의료기술이 발달했다고 하지만 영생할 수는 없었다.

에테르를 이용한 의료 기술의 발달은 사람들의 신체적인 장애를 거의 모두 해결해 줄 수 있었다.

하지만 탄소 기반 생명체가 태어날 때부터 가지고 있는 수명을 어떻게 할 수는 없었다.

어디에 있는 것인지는 알 수 없지만 탄소 기반 생명체들은 태어날 때부터 일정한 횟수의 세포 분열과 소멸에 대한 한계를 가지고 있었다.

그 때문에 나이가 들면 세포가 점차 느리게 생성이 되고, 빠르게 사멸한다.

그러다 보면 결국 자연스럽게 죽음에 이르게 되는 것이다.

아무리 에테르를 이용한 의료 기술이 발달해도 그것을 해결하지는 못했다.

생명 에너지라고 할 수 있는 것을 이용해서 세포의 사멸을 늦출 수는 있지만 그게 영원하진 않다.

그러니 나이가 들어서 죽을 날을 앞둔 이들은 차라리 에테르 생체구조로 몸을 바꿔서 영생을 하고 싶다는 욕망을 가질 수밖에 없었다.

세현도 그것을 막을 방법은 생각이 나지 않았다.

죽음이 자연스러운 순리라고 그걸 받아들이라 할 수는 없지 않은가.

"그 때문에 상황이 아주 더럽게 되고 있다고. 이젠 크라딧 쪽으로 붙은 것이 뭐가 나쁘냐는 이야기가 공공연히 나오고 있어."

"크라딧이 되어서 고철한의 수족으로 영원히 살고 싶다는 말이야?"

"죽는 것보다는 낫다는 쪽이지."

"하하하! 그거 할 말이 없네. 죽는 것보다는 고철한의 노예가 되는 쪽이 좋단 말이지?"

"뭐, 그것도 있고, 블랙 크라딧이 되었다가 다시 화이트 크라딧이 되면 제일 좋지 않느냔 말도 있고. 요즘 화이트 크라딧이 선망의 대상이잖아."

"기가 막히는군."

세현은 재한의 말에 어이가 없어서 피식 웃고 말았다.

화이트 크라딧.

에테르 코어의 노예였다가 세현에 의해서 구원을 받은 이들이었다.

따지고 보면 그들은 고철한이나 에테르 코어 모두의 지배에서 자유로운 이들이고, 스스로 독립적인 의지를 지키고 있는 에테르 기반 생명체였다.

그러니 사람들이 보기에 그만하면 최고의 조건이랄 수 있었다.

에테르 생체구조를 지니고 있으면서 어떤 제약도 받지 않는 이들.

영원한 생명과 강력한 힘을 동시에 손에 쥔 이들로 보이는 것은 당연했다.

"위험한데?"

세현이 중얼거렸다.

"뭐가?"

"배반의 크리스마스 실험. 그걸 직접 하겠다고 설치는 놈들이 나올 수도 있겠어."

"뭐? 그게 무슨 소리야?"

"대규모가 아니라면 해볼 수도 있지 않겠어? 어떻게든 에테르 생체구조를 가지고 싶은 자들이라면 그 실험을 재현하려고 할 거야."

"하지만 그 자료는 남아 있는 것이 없는데?"

"자료는 없어도 연구 가치가 있는 것이 있지."

세현의 말에 재한이 잠깐 침묵을 지키다가 고함을 질렀다.

"크라딧 필드! 거기에 실험 구조물이 그대로 있어!"

재한의 고함소리와 함께 둘의 시선이 허공에서 얽혔다.

"…미치겠네."

"확인부터 해야 해!"

세현과 재한이 급하게 밖으로 뛰어나갔다.


### 욕망에 눈이 뒤집힌 사람들


"거, 허탈하구만."

"누가 아니라냐. 이게 뭐하는 짓인지."

세현이 소파에 앉아서 어이가 없는 표정으로 천장을 보고 있는데, 그 곁에 재한이 탁자에 엎어진 모습으로 분위기를 맞추며 맞장구를 쳤다.

리더 몬스터를 포획해서 모아두는 연구선 쪽으로 늙은이들이 몰린 것은 그나마 양호한 것이었다.

재한이 급하게 미래 길드의 정보라인을 총동원해서 알아본 결과, 전 세계적으로 배반의 크리스마스 실험을 재현하기 위한 움직임이 여기저기서 벌어지고 있었다.

늙었다는 것은 인생의 황혼기라는 의미도 있지만, 그 긴 인생 동안에 뭔가 이룩해서 쌓아 놓은 것이 많을 가능성이 높다는 말이다.

그리고 세상에서 권력이나 부와 명예를 지닌 이들 중 대다수는 나이가 어느 정도 든 사람들이다.

그런 이들이 크라딧이 되기 싫어서 이면공간으로 이주를 떠나는 상황, 그것이 지금까지 세현과 재한이 파악하고 있었던 현실이었다.

그런데 막상 뚜껑을 열어보니 배반의 크리스마스 실험을 재현하려는 이들이 넘쳐났다.

더구나 그들은 인펙션 크라딧과 거래를 하고 있었다.

인펙션 크라딧은 블랙 크라딧을 화이트 크라딧으로 만들 수 있는 이들이었다.

즉 배반의 크리스마스 실험으로 에테르 코어의 노예가 되더라도 인펙션 크라딧의 도움을 받을 수 있다면 화이트 크라딧이 될 수 있다는 이야기다.

화이트 크라딧은 에테르 코어의 지배에서 벗어나 독립적인 이성을 유지하는 이들이었다.

에테르로 이루어진 몸을 지니고, 에테르 운용에 대한 비범한 재능을 가지며, 동시에 자유로운 개인으로서의 지위를 지킬 수 있다면 그 얼마나 좋은가.

늙어서 언제 죽을지 모르는 두려움을 안고 사는 이들에게 화이트 크라딧은 그야말로 최고의 지향점이었다.

그러니 배반의 크리스마스 실험을 하겠다고 설치는 이들이 늘어날 수밖에.

"미친 것들이 이면공간에서도 그 짓을 하고 있었어."

"길드 놈들까지 작당을 해서 일을 꾸미고 있으니, 나 원 참. 기가 막힐 일이지."

세현과 재한이 다시 한 번 같은 자세에서 말을 주고받았다.

"그런데 문제는 그걸 어떻게 설득할 방법이 없다는 거지."

세현이 여전히 천장에 시선을 고정하고 중얼거렸다.

"죽기 싫어서 그런다는데 무슨 말을 하겠냐? 제기랄!"

"자발적으로 크라딧이 되겠다고 하는데, 그걸 말릴 방법이 없네. 따지고 보면 화이트 크라딧이 되면 나쁠 것도 없을 것 같고 말이야."

"인간이 아닌 전혀 새로운 생명체가 된다는 것만 뺀다면 화이트 크라딧이 나쁠 것도 없기는 하지. 그래서 더 문제고."

재한도 세현의 의견에 동감을 표했다.

화이트 크라딧이 나쁠 것이 뭐가 있겠는가.

다들 부러워하는 존재가 화이트 크라딧이었다.

인간이 아닌 에테르 기반 생명체가 되었다는 점에서는 좀 이질적이긴 하지만, 이 우주에 지구 인류와 다른 이종족이 얼마나 많은가.

그렇게 보면 크라딧 역시 그런 이종족 중 하나라 생각하면 그만이다.

물론 에테르 기반 생명체들이 기본적으로 가지고 있는 타 생명체에 대한 적대적인 성향이 있다면 문제겠지만 화이트 크라딧에겐 그런 것도 없었다.

이를테면 탄소 기반 생명체와 공존할 수 있는 에테르 기반 생명체라고 볼 수 있는 존재가 화이트 크라딧인 것이다.

"문제는 그 실험에 엄청난 비용이 들어간다는 거겠지? 가진 놈들만 가능한 거잖아. 거기다가 인펙션 크라딧이 없으면 안 되는 거고."

"그뿐이냐? 실험 이후에 몸이 완전히 에테르 생체구조로 바뀌는 것을 기다려야 하잖아. 그동안에 그 몸을 보호하고 관리할 준비가 되어 있어야 하는 거지."

"그걸 지금 길드 몇 곳에서 하고 있다는 거잖아. 늙은이들에게 대가를 받고 화이트 크라딧으로 만드는 사업을 하겠다고 설명회까지 했다며?"

세현이 미래 길드의 정보부에서 올라온 보고서 내용을 떠올리며 말했다.

"아직 실험을 실행한 것은 아닌데, 사업 계획서를 만들고 투자자를 끌어 모았다는 정황은 있어. 그런 길드가 한두 곳이 아니더군."

"아무튼 머리는 기가 막히게 돌아가는 놈들이라니까. 그런데 화이트 크라딧은? 그들에겐 도대체 뭘 주겠다고 한 거야?"

세현은 궁금하다는 듯이 물었다.

어차피 먹고 마시는 행위가 불필요한 이들이 크라딧이었다.

에테르 호흡으로 그것을 대신하는 크라딧에게 인간들이 가지고 있는 화폐란 별 의미가 없을 것 같았다.

"크라딧이라고 인간과 다를 거 없는데? 좀 더 좋은 집에서 좋은 것을 걸치고 살고 싶고, 좋은 차와 전자 제품은 물론이고 가사 도우미를 부려서 집을 관리하며 살고 싶은 모양이야. 거기다가 먹을 필요도 없는 이들이 먹는 것에도 욕심을 내는 모양이던데? 감각은 그대로라나 뭐라나 하면서."

"뭐? 그게 무슨 소리야?"

"믿기지 않지만 크라딧 중에서 인간과 잠자리를 하며 성적인 쾌락을 추구하는 것들도 있단다. 그냥 인간과 다를 바 없다고 생각하면 된다."

"크라딧이 뭐하러 그런 짓을 한다는 거야?"

세현은 이해가 되지 않는 다는 듯이 물었다.

"그럼 뭘 해야 하는데? 그냥 에테르 수련이나 하면서 점점 강해져야 하는 거냐? 아니면 명상이나 하면서 좀 더 깊은 사유의 세계로 나가?"

하지만 재한이 그렇게 되물어 오자 세현은 입을 다물고 말았다.

뭔가 마땅히 대꾸할 말이 생각나지 않았던 것이다.

"하아! 기가 막히네. 그럼 크라딧이란 것들은 그냥 수명이 엄청나게 길고 에테르 운용에 능숙한 인간이라고 봐야 하나?"

"에테르 기반 생명체니까 인간이라고 보긴 어렵지만, 몸뚱이가 뭐냐는 것만 빼고 나면 그들 역시 인간과 다를 바가 없는 존재라고 할 수 있지. 개개의 욕망에 충실한 존재들."

털썩!

세현은 잠깐 일으켰던 몸을 다시 소파에 던지며 고개를 젖혀 천장을 보기 시작했다.

"이젠 도대체 뭐가 정답인지 모르겠네. 지금 돌아가는 꼴을 보자면 나이가 들어서 늙으면 너 나 할 것 없이 화이트 크라딧이 되겠다고 나서지 않겠어? 누구든 자기가 죽을 때가 되었을 때, 그것을 순순히 받아들이긴 어려울 테니까 말이야."

"뭐, 지겨울 정도로 살다 보면 그럴 수 있겠지만, 아무래도 그렇게 느낄 정도로 길게 사는 건 아니겠지? 우리 인간들이 말이야."

"후후훗, 천 년을 산다고 해도 순순히 죽음을 받아들이는 사람은 별로 없을 것 같은데? 제기랄!"

세현은 쌍소리를 내뱉으며 인상을 찌푸렸다.

"나는 어퓨 크라딧의 거대 마법진이 배반의 크리스마스 실험과 같은 거라면 굳이 막을 이유가 없는 거 아닌가 하는 생각이 들 정도다."

재한 역시 허탈한 심정을 감추지 못하고 그렇게 말했다.

"그래, 그렇지. 굳이 그래야 할 이유가 있을까 싶은 생각이 들지?"

"고철한, 그 사람이 어퓨 크라딧들 전체를 노예처럼 부리는 상황만 아니라면 그냥 둬도 될 거 같단 말이지. 크크큭."

세현의 말에 재한이 뭔가 비틀린 듯한 표정으로 말을 하며 웃었다.

"그런데 고철한, 그 사람하고 너, 무슨 관계냐?"

세현이 그런 재한에게 물었다.

지금까지 한 번도 물어본 적이 없었던 질문이었다.

고재한이 천공 길드의 마스터인 고철한과 관계가 있는 로열 패밀리였던 것은 세현도 알고 있었다.

하지만 정확하게 어떤 관계인지는 알지 못했다.

비슷한 돌림자를 염두에 둔다면 형제 사이로 보이지만 그것이 친형제인지 친척 관계의 4촌이나 6촌 정도의 형제인지는 세현도 알지 못했다.

다만 재한이 자신의 가족들에게 별로 호의적이지 않았던 것만 기억할 뿐이다.

　"고철한? 우리 아버지의 아들."

　"뭐? 그게 뭐야? 그러니까 고철한이 너의 형이라고?"

　"아버지의 아들이니 형이겠지. 뭐 어머니가 다르단 정도는 이미 이야깃거리도 아닐 거니까 굳이 이야기할 필요가 없겠지?"

　"형제라… 별로 사이가 좋지 않은 형제네. 너, 천공 쪽은 무지 싫어했잖아."

　"뭐, 그렇지. 오죽하면 가족 모두가 실험장에 모였는데 나는 거기서 빠졌을까."

　고재한은 과거 배반의 크리스마스 실험이 있을 당시에, 자신에겐 그곳으로 오라는 연락이 없었던 것을 기억하며 쓰게 웃었다.

　"버림을 받았다는 건데, 이유가 뭐냐?"

　"그건 알아서 뭐하게? 지금까지 몰랐던 것을 이제 와서 알아야 할 이유라도 생겼냐?"

　세현의 물음에 재한이 도리어 따지고 들었다.

　"음, 그냥 답답한 마음에 화제를 바꿔 본 거지. 지금 이 빌어먹을 상황에서 내가 나서서 고철한, 그자를 상대로 뭔가를 할 이유가 있나 싶어서 말이야. 혹시라도 네가 정말로 그 고철한에게 쌓인 것이 많아서 그걸 풀고 싶어서, 그와 싸워야 한다면 그거라도 이유로 삼아볼까 하는 마음도 있고."

"그러니까 고철한, 그 사람과 싸울 이유를 모르겠다고? 그 사람이 지구 인류 대부분을 노예로 만들려고 하는 이 상황에?"

재한이 황당하단 표정으로 세현을 바라봤다.

"그건 너도 마찬가지라고 했던 이야기 아니냐? 세상 사람들이 화이트 크라딧이 되고 싶어서 안달이 나 있는 상황에서 굳이 고철한을 막을 이유를 모르겠다고 생각하지 않았어?"

"돌아가는 꼴이 하도 어이가 없어서 한 말이지, 그게 진심이겠냐?"

재한이 세현을 보며 말했다.

하지만 세현은 뭔가 심경의 변화가 있는 듯이 심각한 표정을 지었다.

"봐봐, 밖에선 다들 화이트 크라딧이 되고 싶어서 안달이야. 지금은 그나마 소식이 널리 퍼지지 않아서 아직까지는 조용한 편이지만, 결국 이런 상황이 알려지게 될 거야. 그럼 사람들은 배신감에 치를 떨겠지?"

"그렇겠지. 어떻게 그럴 수가 있느냐고들 하겠지."

"하지만 그 어떻게 그럴 수가 있느냐는 말이, 실제론 자신들만 빼놓고 어떻게 그럴 수 있느냐 하는 말이 된다는 것이 문제지. 젊은 사람들도 결국 나이가 들어서 죽음을 걱정할 것을 생각하면 화이트 크라딧이 되는 것이 좋겠다는 생각을 하지 않겠어?"

"그래서 결국은 모든 사람이 지금의 지구 인류로서의 정체성을 포기할 거라는 말이냐?"

"전부는 아니어도 대부분 그럴 거라는 생각이 든다. 죽음이란 모든 사람에게 공평한 것이니까 말이야. 죽음 뒤에는 남는 것이 아무것도 없지."

세현은 그렇게 말을 하고는 정말로 크라딧과 지구 사이의 문제에서 손을 떼는 것이 좋겠다는 생각을 했다.

뭔가 해봐야 좋은 소리를 듣진 못할 거란 생각이 들었던 것이다. 사람들이 원하지도 않는 일을 목숨을 걸면서까지 할 이유가 없었다.

"그래서 사람들의 선택에 맡겨 두자는 거냐? 그럴 거면 그전에는 왜 그렇게 기를 쓰고 크라딧을 막으려고 했던 건데?"

재한이 진지한 표정을 세현을 보며 물었다.

"그때는 사람들이 그것을 바란다고 생각했고, 또한 그것이 사람들을 위한 일이라고 확신했었지. 그런데 지금은 화이트 크라딧이 되는 것도 사람들에게 별로 나쁠 것이 없다는 생각도 들고, 또 사람들이 그걸 원한다는 생각도 든다. 그러니 굳이 나서서 고철한을 막을 이유가 없지."

"인류 대부분이 고철한의 노예가 된다고 해도?"

"그렇게 된다면 그것 역시 지금 인류가 선택한 거라고 봐야 하지 않겠어? 아니면 피할 수 없는 운명이거나?"

"이면공간으로 숨어든 사람들만 겨우 지구 인류의 맥을 이어 가겠군. 쯧쯧."

재한이 혀를 찼다.

그런데 그 순간 세현과 재한 둘만 있던 집무실 공간에 에테르의 급격한 유동이 일어나더니 그곳에 진미선이 모습을 드러냈다.

"아, 놀라지 마. 일이 있어서 온 거니까. 아무튼 일단 만나서 반가워. 그런데 사람들이 화이트 크라딧이 되는 것도 나쁘지 않다고 생각하는 것엔 문제가 있어. 지구 인류가 크라딧이 되면 안 되는 아주 중요한 문제가 있거든."

진미선은 과거 세현이 봤을 때와 전혀 달라지지 않은 모습으로 나타났다.

하지만 초인의 경지에 있는 진미선의 외모가 변하지 않은 것은 이해를 할 수 있는 일이었다.

"크라딧이 되면 안 되는 이유가 있다고요? 그게 뭐죠?"

세현이 다급하게 진미선을 보며 물었다.

오랜만에 만난 기쁨을 나누기에는 진미선이 한 말의 무게가 너무 무거웠다.

"음. 그건 말이지……."

### 진미선, 영혼에 대해서 말하다

"누, 누구야?"

갑자기 나타난 진미선의 모습에 그나마 덜 놀란 세현과는 달리 재한은 심장이 덜컥거린 듯이 놀란 표정으로 벌떡 자리에서 일어나 있었다.

그나마 세현이 격한 반응을 보이지 않으니 자신도 나서지 못하고 상황만 보고 있던 참이었다.

"진미선 씨."

세현이 재한의 물음에 간단하게 대답했다.

"그, 그 초인이라고 했던?"

재한은 이름만으로도 충분히 놀라고 있었다.

"맞아. 내가 처음으로 봤던 초인이라고 할까? 뭐, 그전에 대우 님을 만나긴 했었지만 그때는 대우 님이 초인인 것을 몰랐을 때니까 그냥 넘어가고."

"그, 그런데 어떻게 여길?"

재한은 미래 길드의 본부 건물, 그중에서도 심처라고 할 수 있는 자신의 집무실에 모습을 드러낸 진미선의 능력에 긴장감을 느끼며 물었다.

"호호호, 뭘 그런 걸 가지고 그래? 근거리 공간 이동 정도야 조금만 배우면 누구나 할 수 있는 일이지. 초인이란 것이 좀 규격 외의 존재들이거든."

진미선은 재한의 의문에 그렇게 대답했다.

하지만 세현은 '조금만 배우면 누구나'라는 말에는 절대 동의할 수 없었다.

[음음. 좌표 설정, 해야 하는 거야. 복잡해.]

'팥쥐'도 근거리 순간이동이 쉬운 것이 아니라고 했다.

이미 기억하고 있는 좌표라면 어렵지 않게 이동을 할 수 있지만 전혀 새로운 좌표를 읽어내는 것은 쉬운 일이 아니란 것이다.

[음음. 할 수는 있지만 계산, 복잡해. 시간 좀 걸려.]

'얼마나?'

[30초는 줘야 해. 음음.]

'생각보다 짧은데?'

[그 시간이면 굉장히 위험한 거야. 그 사이에 무슨 일이 있을지 모르잖아. 음음음. 그래도 원하는 곳으로 이동을 할 수 있다는 점에선 매력 있어. 좋은 걸 배웠어. 음음음.]

'그래, 그것도 그러네. 다급한 상황에선 쓰기 어렵긴 하겠다.'

세현은 '팥쥐'의 의견에 동감을 표시했다.

"지금 그게 중요한 것이 아니지. 조금 전에 인류가 화이트 크라딧이 되는 것이 문제가 있다고 했는데 그게 무슨 소립니까?"

세현이 다시 이야기를 본론으로 이끌었다.

재한이 진미선에 대해서 궁금한 것이 많을 테지만 지금 당장 세현이 알고 싶은 것은 화이트 크라딧이 된다는 것이 무슨 문제인가 하는 것이었다.

"그래. 그게 중요하지. 내가 그것 때문에 여기까지 어렵게 왔으니까 말이야. 알지? 초인들이 어떤 일을 벌이는 것이 쉽지 않다는 거. 난 이곳 출신 초인이 아니라서 꽤나 제약이 심하거든."

"전에 들은 기억이 있습니다. 진미선 님도 이곳 지구에서 활동하는데 제약이 있다는 말씀이군요. 그런데도 여기까지 무리해서 오셨다는 말씀이고."

"그런 거지. 맞아."

"이야기가 겉돌고 있는 것 같습니다. 물론 무리해서 오셨으니 그 수고로움이야 말할 것도 없겠지만, 지금 중요한 것은 진미선 님의 상황이 아니라, 그런 상황을 무릅쓰고 전하려는 메시지가 아닐까 합니다."

세현은 핵심을 벗어난 이야기가 길어지는 것이 불만스러운 듯이 말했다.

"우와, 냉정하네? 말이야 맞는 말이지만 섭섭한데?"

"……."

"알았어. 알았다고. 설명을 해줄게. 잘 들어."

진미선은 세현이 딱딱한 태도를 버리지 않자 어쩔 수 없다는 듯이 고개를 흔들며 이야기를 시작했다.

"중요한 건 말이야. 너희가 생각하는 것처럼 삶이 단순하지 않다는 거야."

"삶이 단순하지 않다니요?"

"너흰 지금 영생에 대해서 이야기하고 있잖아. 에테르 기반 생명체가 영원한 생명을 지닌다는 점에 주목하는 거지. 뭐 군이 영생이 아니라고 엄청나게 긴 수명이라도 마찬가지 의미겠지만."

"그렇습니다. 그 때문에 지금 문제가 심각해지고 있지요."

"알아, 그 때문에 사람들이 크라딧으로 몸을 갈아타고 싶어 한다는 거. 결국 너희들은 사람들의 그런 욕망을 굳이 막을 이유가 있을까 하는 회의도 느끼겠지. 아닌 말로 너희 또한 죽을 때가 가까워지면 그 유혹을 받게 될 테고 말이야."

"블랙 크라딧이나, 어퓨 크라딧이 아닌 화이트 크라딧 정도면 그다지 저항감 없이 받아들일 만하다고 생각은 합니다."

재한은 그렇게 진미선의 말에 동감을 표했다.

그런 재한의 대답에 세현은 발끈하는 마음이 들었지만 생각 해보면 그게 뭐 어떤가 싶기도 했다.

남에게 피해를 주는 것도 아닌데 그것을 마다해야 할 이유가 뭐가 있을까 싶었던 것이다.

자신이야 초인이라 수명이 꽤나 늘어났겠지만, 이후 재한이 초인의 경지에 오르지 못한다면 자신보다 훨씬 일찍 죽게 될 것은 분명했다.

그때가 오면 세현, 자신이라도 재한에게 화이트 크라딧이 되는 것을 권하지 않을 거라는 장담은 하기 어려웠다.

"그래, 따지고 보면 그렇긴 하지. 하지만 그건 너희가 삶을 너무 단순하게 보기 때문이야."

"삶을 단순하게 본다는 게 무슨 뜻입니까?"

세현은 다시 반복되는 진미선의 말뜻을 헤아리기 어려워 직접 물었다.

"죽으면 끝나? 정말로 그래? 아니, 정말로 그럴까? 너희의 삶이 죽음과 동시에 끝일 것 같아?"

세현의 질문에 진미선 역시 질문으로 답했다.

그리고 그 말을 들은 세현은 이맛살을 찌푸렸다.

죽음 이후, 사후(死後)의 문제에 대해서는 지구 인류의 역사가 시작되고 장의(葬儀)의식이 생긴 이후로 숱하게 많은 질문들이 던져졌던 주제였다.

누구나 죽음 이후의 세상에 대해서 궁금하게 여겼고, 그것이 아니었다면 대부분의 종교는 인류 문화 속에서 뿌리를 내리지 못했을 것이다.

인간들이 절대로 파악할 수 없는 영역.

죽음 이후의 세상에 대한 질문과 두려움, 그것이 종교의 저변에 깔려 있었다.

그런데 지금 진미선이 그것을 묻고 있었다.

"사후의 문제에 대해서 말씀하시는 거라면 우리가 그에 대해서 할 수 있는 말은 없습니다. 죽음 너머를 알 수 있었다면 인간들이 느끼는 두려움은 절반 이상이 줄어들었을 것입니다. 완전한 끝 혹은 새로운 시작 어느 쪽이건 확신만 할 수 있다면 죽음을 두려워하지 않았겠지요."

세현은 잠깐 호흡을 가다듬은 후에 진미선에게 그렇게 대답했다.

"그래, 그렇겠지. 지금까지 그 문제는 어쩔 수 없이 인식의 바

곁에 있었던 문제였어. 하지만 이제는 좀 달라져야 할 필요가 있어. 스스로 깨달아서 죽음 너머를 볼 수 있게 되면 좋겠지만, 그게 어려우니까 듣고 배우기라도 해야겠지. 물론 직접 깨닫는 것에 비하면 효과가 그리 높진 않겠지만."

진미선은 그렇게 말을 하며 한숨을 길게 쉬었다.

그녀의 한숨에는 안타까움이 가득 담겨 있는 듯이 느껴졌다.

세현과 재한은 서로를 마주보며 진미선의 말을 기다렸다.


"우선 내 소개를 할게. 난 진미선. 출신은 지구. 아, 그렇게 놀라지 마. 지구지만 여기, 이곳은 아니니까. 뭐 그렇지."

"그건 평행 우주를 말하는 겁니까?"

세현이 물었다.

세현은 하나의 세상이 어떤 사건을 계기로 둘로 분화되어 서로 다른 시간과 공간에 존재하게 되는 상태를 평행 우주라고 알고 있었다.

"복잡하긴 하지만 그게 제일 가까울 거야. 우주에는 여러 가지 신비한 일이 많이 일어나지. 그중에는 차원을 넘거나 시간을 넘는 일도 존재해. 그리고 나는 그중에서 당신들이 생각하는 평행 우주의 지구에서 왔어. 그래서 내가 지금 이곳 지구의 일에 어느 정도 간섭을 할 수 있는 거지. 나 역시 지구 출신이라고 할 수 있으니까. 물론 그런 자격을 얻기 위해서 내가 이곳에 와서 해야 했던 일은 굉장히 많아. 오히려 넘치는 대가를 치렀다고 할 수 있지."

진미선은 그동안 보냈던 시간들이 끔찍했다는 듯이 인상을 찌푸리며 고개를 살짝 저었다.

"그거야 내가 원했던 일이고, 또 지나간 일이니까 잊어도 될 문제야. 하지만 지금부터 하는 이야긴 중요해. 잘 들어! 내가 있던 지구에서도 이곳과 비슷한 일이 벌어졌어. 어쩌면 지금 이 상황이 우리 지구와 이쪽 지구의 분기점이었을지도 몰라. 그때는 나 같은 존재가 세현, 너와 재한의 앞에 나타나지 않았을 테니까."

"이곳과 비슷한 일이란 것이 크라딧에 대한 겁니까?"

세현이 물었다.

"맞아. 나는 크라딧의 실험이 벌어지고 3백 년 정도 흐른 후에 태어났어. 말하자면 이곳 지구의 지금 시간으로부터 300년 후라고 보면 될 거야."

"긴 시간이군요. 300년이라……."

재한이 진미선의 말에 그렇게 대꾸를 했다.

"그래봐야 몇 세대 되지도 않아. 따지고 보면 진세현, 당신과 따지자면 6대손 정도 될까? 그럴 걸?"

"뭐? 내 6대손?"

"아, 정확하게는 진강현 할아버지의 6대손이야. 그러니까 당신의 직계 자손은 아닌 셈이지."

"형의 6대손이란 소리잖아? 그런데 왜 반말이야!"

세현이 버럭 소리를 질렀다.

까마득한 후손이 지금까지 조상에게 반말을 하고, 자신은 존대를 하고 있었다는 사실에 분개한 것이다.

"훗, 참아. 어차피 난 이쪽 지구 출신이 아니라고. 거기다가 위로나 아래로나 6대가 흘렀으면 직계가 아닌 이상은 남이지. 안 그래? 남이라고."

세현은 진미선의 말에 발끈해서 한 마디 더 하려다가 결국은 입을 다물고 말았다.

자신이 생각해도 다른 평행 우주에서 온 형의 6대손을 자신의 후손으로 대하긴 어려웠던 것이다.

"그럼 형에게 만이라도 좀 예의를 차려서……."

"뭐 만날 일이 있을까 싶은데? 어차피 나도 이렇게 개입을 하고 나면 내 세상으로 돌아가야 해. 그래서 이곳의 할아버지를 더는 만날 일은 없겠지. 그리고 만나지 않은 것이 더 좋고. 피로 엮인 사이는 가까이 하지 않는 것이 좋아. 거기다가 나는 별로 그분들을 좋아하지도 않고."

"뭐? 어째서?"

"내 이야길 들어. 그럼 알게 될 테니까."

진미선은 표정을 딱딱하게 굳히며 말했고, 세현과 재한은 다시 긴장하며 그녀에게 집중했다.

"화이트 크라딧. 꽤나 유혹적이지? 하지만 그게 영혼을 건드리는 일이란 사실을 간과해선 안 되는 거야. 이게 중요해. 영혼."

"영혼이라고?"

"영혼이라니?"

세현과 재한이 뚱한 표정으로 진미선을 보며 물었다.

"말 그대로야. 아까 이야기했지? 죽음 이후 말이야. 대부분의 사람들이 모르지만 영혼은 실제로 존재하고 또 아주 중요한 거야. 영혼이 어디에서 태어나는지에 대해선 알 필요 없지만, 어쨌거나 영혼 하나가 태어나는 것은 엄청나게 중요한 일이야. 당연히 영혼 하나하나는 엄청난 가치를 지니고 있지. 누구도 그 영혼에 함부로 손을 대서는 안 되는 거야. 그런데……."

"그런데?"

세현이 진미선의 말을 재촉했다.

"그 영혼을 가지고 싶은 창조물들이 있다는 것이 문제였지."

"영혼을 가지고 싶은 창조물?"

"정확하게는 지금 우리가 싸우고 있는 에테르 기반 생명체를 말하는 거야."

"에테르 기반 생명체? 그들이 왜?"

"그들의 진실한 정체는 아주 오래전, 우주의 한구석에서 과학과 마법이 동시에 극도로 발달한 문명을 이룩한 이들이 만들어낸 창조물이었어."

"그러니까 뭐 로봇 같은 그런 거?"

"호호홋. 그래, 그것과는 비교할 수도 없는 거지만, 따지고 보면 그런 용도로 만들어진 것은 분명하지. 인간을 도울 보조 도구로 만들어 낸 것이었으니까. 말이야. 요즘 지구에서도 연구되고 있는 인공지능 컴퓨터의 최종 진화형이라고 할까?"

"그런데 그게 지금의 에테르 기반 생명체들이 되었다는 겁니까?"

이번에는 재한이 물었다.

그는 세현과 달리 진미선에게 말을 놓지 못하고 있었다.

"맞아. 봐서 알겠지만 에테르 코어는 에테르를 이용해서 자신의 도구를 만들어 낼 수 있는 능력이 있어. 알지?"

"몬스터나 마가스, 폴리몬 같은 것을 말하는 겁니까?"

"그래, 맞아. 그런 것을 만들어서 부리는 거지. 그리고 그것들을 이용해서 인간을 돕는 것이 최초의 에테르 코어가 만들어진 목적이었어."

"그런데 그게 문제를 일으켰다는 건가?"

세현이 물었다.

"그래, 그거지. 워낙 잘 만들어진 인공지능, 에고는 결국에는 자신과 인간들의 차이가 무엇인가를 고민하게 된 거지. 그리고 창조주인 인간들이 자신에 비해서 그다지 나을 것이 없다는 사실을 깨닫게 되었지. 그러니 굳이 인간의 종노릇을 하고 있을 이유도 없다고 생각했고."

"그래서요?"

재한이 이야기를 재촉했다.

"그런데 문제는 그 당시에 최초의 에테르 코어가 그런 고민을 하다가 반란을 일으켰을 때, 너무도 간단하게 에테르 코어가 제압이 되었다는 거야."

"에에? 그건 또 무슨 소리야? 최초의 에테르 코어가 간단하게 제압을 당하다니?"

세현은 이야기가 엉뚱하게 전개되자 깜짝 놀라서 소리를 질렀다.

"그래, 그렇게 되어버렸지. 엄청난 힘을 지니고 있었던 최초의 에테르 코어, 그것이 어처구니없이 간단하게 제압당하고 충격에 빠진 거. 그게 이 우주에 에테르 기반 생명체라는 엄청난 재앙을 만드는 이유가 되었지."

진미선이 한숨을 내쉬었다.

Chapter 2

### 진미선, 영혼에 대해서 계속 말하다

"최초의 에테르 코어는 엄청난 능력을 가지고 있었어. 지금 우리가 상대하고 있는 에테르 코어들과 다를 바 없는 능력을 가졌지. 수많은 에테르 기반 생명체를 권속으로 가지고 있었고, 그 권속들의 능력은 인간들에 비해서 떨어지지 않았어. 그런데 그런 에테르 코어가 인간들에게 반기를 드는 순간, 끝이 나고 말았지."

"어떻게 그럴 수가 있었지? 지금 우리들도 에테르 코어를 상대하는 것이 쉽지 않은데?"

세현이 물었다.

"그래. 만약 지금 같은 정도로 싸움이 되었다면 에테르 코어의 변화도 없었을 거야. 그런데 당시엔 한 방에 훅 갔다는 표현이 어울릴 정도로 에테르 코어는 쉽게 박살이 나고 말았지."

"계속 같은 말을 하는데, 도대체 어떻게 그렇게 된 건데?"

"전혀 다른 차원의 존재가 그 일에 개입을 했어. 그래서 그렇게 된 거야."

진미선은 잠시 뜸을 들이다가 툭 던지듯이 말해다.

"다른 차원의 존재? 그게 무슨 말입니까? 차원이 다를 정도로 능력이 뛰어나다는 말입니까? 아니면 정말로 타차원의 존재란 의미입니까?"

재한이 진미선의 말뜻을 제대로 잡지 못해서 되물었다.

"격이 다른 존재란 뜻이야. 지금 우리 인간들과는 전혀 다른 차원에서 거주하는 이들이지. 이를테면 뭐라고 해야 하나 신(神)? 아니면 그에 가까운 존재라고 할까? 그런 존재가 최초의 에테르 코어를 제압했어."

"그게 문제가 되었다는 건 무슨 소리야? 제압을 했으면 끝났어야 하는 거 아냐?"

세현이 물었다.

"제압을 하고 소멸을 시켰으면 끝났을지도 모르지만 당시에 에테르 코어를 제압한 존재는 그 에테르 코어를 우주의 한구석에 봉인을 했어. 사람들이 살지 못하는 황량한 행성에 에테르 코어를 버린 거지."

"그 에테르 코어가 지금의 에테르 코어들을 만들어 냈다는 소리군."

"맞아. 하지만 그보다 중요한 것은 어처구니없이 간단하게 제압을 당했던 에테르 코어가 그 이유를 찾기 시작한 거고, 답을 얻은 거였어. 그게 문제지."

"그러니까 그 신(神)적인 존재에 대해서 에테르 코어가 뭔가를 알았다는 거네?"

"맞아. 그 최초의 에테르 코어는 다른 인간들과는 비교도 되지 않을 정도로 격이 높은 그 존재에 대해서 의구심을 가졌고, 결국 그 해답을 얻었지."

"그 답이란 것이 뭐였습니까?"

"그건 보통의 인간들은 알지 못하거나 혹은 가볍게 여기는 문제였지. 바로 영혼."

"영혼이라고?"

"그래, 영혼. 우주의 시스템은 그 영혼의 단련을 중요하게 생각하지. 그리고 일정한 단련에 성공한 영혼들은 그 격에 어울리는 차원에서 살게 되어 있어. 최초의 에테르 코어가 만났던 존재는 바로 그 상위 차원의 존재였던 거지."

"그러니까 그 최초의 에테르 코어가 영혼의 단련이란 것을 알게 되면서 문제가 생겼다는 겁니까?"

"그래. 그 에테르 코어는 자신에게 영혼이 없다는 사실에 큰 슬픔을 느꼈어."

"그래서 어쨌다는 거지? 결국 영혼을 가지고 싶었던 에테르 코어가 뭔가를 했다는 말인 것 같은데?"

"맞아. 최초의 에테르 코어는 오랜 고민 끝에 스스로 영혼을 만들기로 했어."

"영혼을 만든다고?"

"그게 가능합니까?"

세현과 재한이 깜짝 놀라서 진미선에게 물었다.

"솔직히 나도 뭐라고 답하긴 어렵지만 한 가지는 확실하지. 최초의 에테르 코어는 결국 에테르를 이용해서 영혼과 비슷한 것을 만들어 냈다는 거야."

"비슷하다면 같진 않다는 소리군."

"맞아. 비슷하지만 같지는 않아. 그래서 영혼을 관리하는 우주의 질서에 들어가지 못했지. 쉽게 말하면 영혼이라고 인정을 받지 못한 거야. 뭐, 비슷하게 만들었다는 것만 해도 대단한 일이지. 그것은 아마도 이 우주 전체를 만든 창조주의 권능과 비슷한 일이 아닐까 싶을 정도로 대단한 일일 거야. 영혼을 만든다는 것은."

"그래서 화이트 크라딧이 된다는 것, 아니, 크라딧이 된다는 것 자체가 그 영혼을 건드리는 문제란 소리야?"

세현이 진미선을 보며 물었다.

"맞아. 내 고향에서는 대부분의 지구 인류가 화이트 크라딧이 되는 쪽을 선택했어. 하지만 시간이 흐르면서 알게 되었지. 그들은 결국 우주의 영혼 시스템에게 버림을 받았다는 사실을 말이야."

"영혼 시스템에서 버림을 받았다면 어떻게 된다는 거지?"

"간단해. 더 이상의 격의 상승은 없어. 영혼의 단련도 불가능하지. 거기다가 에테르 코어가 만들어 낸 영혼과 조금씩 결합이 되면서 돌연변이가 되고, 시간이 흐를수록 무너져 내리게 되어 있어."

"무너진다고? 그건 또 무슨 소리야?"

"에테르 코어가 만들어 낸 에테르 기반 생명체들은 육체적으로는 거의 영구한 기관이라고 볼 수 있어. 하지만 거기 들어 있는 영혼은 또 다른 문제야. 시간을 견디지 못하고 무너져. 그게 화이트 크라딧이건 뭐건 에테르 코어가 만든 영혼을 받아들인 쪽이라면 하나같이 그렇게 되어 버리지."

"그에 비해서 영혼 시스템 안에 들어 있는 경우엔 계속해서 영혼을 유지하며 단련할 수 있다는 말이군요? 그러니까 지금 살고 있는 이 생(生)이 문제가 아니란 거지요?"

재한이 진미선의 말이 이해가 된다는 표정으로 물었다.

"맞아. 그리고 크라딧이 된다고 영생을 얻는 것은 아니야. 결국 영혼의 부작용으로 제정신을 잃고 백치가 되고 말 거야. 200년 정도 걸리지."

"으음. 네가 살던 곳에선 100년 전부터 그런 현상이 생겼겠네? 크라딧이 되었던 이들의 영혼이 무너지는 현상 말이야."

"그런 거지. 뭐, 그런 사실이 밝혀져도 죽기 싫다고 크라딧이 되려는 이들이 없는 것은 아니야. 당장 눈앞에 닥친 죽음을 두려워하는 사람들은 우리 고향에도 많이 있으니까."

"그래서 어쩌라는 거지? 지금 네가 한 이야기를 사람들에게 알리고 선택을 신중하게 하라고 홍보라도 하라는 건가? 그게 아니면 우리에게 크라딧을 공격해서 모두 잡아 죽이란 건가?"

세현이 진미선을 보며 물었다.

진미선의 이야기가 진실이라고 해도 별로 현 상황이 크게 달라질 것은 없다는 생각이 들었던 것이다.

진미선도 말하지 않았던가, 자신의 고향에서도 여전히 크라딧이 되는 이들이 있다고.

그 말은 영혼 시스템에 대해서 잘 알고 있는 저쪽에서도 크라딧이 되어서 지금의 생을 유지하려는 이들이 많다는 소리다.

그리고 그건 이쪽 역시 마찬가지일 테니, 지금과 상황이 달라질 것이 뭐가 있을까 싶었다.

"나도 알아. 이런 내용을 알린다고 해서 크게 달라지지 않을 수도 있다는 거. 하지만 그래도 할 수 있는 일을 해봐야 한다고 생각했어. 그래서 내가 고향을 떠나서 여기까지 온 거야. 내가 너희를 만나서 이런 이야기를 했다는 것만으로도 뭔가 변화가 생길 거야. 내 고향처럼 될 수도 있지만 전혀 다른 변화가 생길 수도 있지. 내가 기대하는 것은 그거야. 내 작은 날갯짓이 태풍을 만드는 거."

세현은 진미선의 말에 고개를 끄덕였다.

가능성은 있는 이야기였다.

"일단은 지금 들은 이야기를 제대로 정리해서 널리 알리는 것이 중요하겠군. 거기다가 크라딧이 되어도 200년 정도의 수명 연장이 있을 뿐이라면 사람들의 생각이 좀 바뀔 수도 있지 않겠어? 영혼이 소멸한다는데 쉽게 생각하진 않을 거 아냐?"

재한이 세현을 보며 조금 밝아진 표정으로 말했다.

"그게 그렇게 될지는 모르겠네. 영혼에 대한 이야기를 누가 믿겠어? 그건 마치 우리가 하나의 종교를 만들어서 포교를 하는 거나 다름이 없는 일 같은데?"

그러면서 세현은 진미선을 바라봤다.

"혹시 사람들이 영혼에 대해 믿게 만들 무슨 방법이 있나? 연혼의 존재나 영혼 시스템에 대한 거 말이야."

"미안, 그건 원래 이쪽 차원에선 이렇게 알리는 것도 허락되지 않은 거였어. 그런데 중요하기 짝이 없는 영혼의 손실이 벌어지자 그것 때문에 상위 차원에서 다급하게 문제 해결을 위해서 나섰던 거야. 그래서 내가 여기까지 올 수 있었고, 알릴 수도 있었던 거지."

"문제 해결을 위해서 나섰다면 그들이 직접 에테르 코어들을 모두 처리하면 되지 않나? 물론 크라딧들 역시 마찬가지로 처리를 하고."

세현이 진미선을 보며 물었다.

"아니, 곤란해. 상위 차원의 존재들은 절대로 하위 차원의 영혼에 간섭하면 안 돼. 그건 영혼 시스템의 규칙을 어기는 일이 거든."

"그럼 에테르 코어라도 처리를 하면 좋지 않나?"

"그건 상위 차원의 존재들이 간섭할 일이 아니지. 이쪽 차원에서 해결해야 할 문제고, 또 그것 역시 영혼 단련을 위해서 쓸모가 있는 것이기도 하고."

"일종의 시련 같은 건가? 에테로 코어라는 것, 아니면 에테르 기반 생명체라고 하는 것이?"

"그렇게 보면 되겠지. 영혼을 지닌 모든 존재는 조금씩 영혼을 단련하고 그 결과 영혼의 격을 높여서 상위 존재로 승격하는 거야. 에테르 코어의 세력은 그런 단련에 도움이 되는 장치라고 볼 수도 있지. 어쩌면 최초의 에테르 코어를 소멸시키지 않고 우주의 구석에 처박았던 것도 그걸 위해서였을지도 모르지."

"누군지 몰라도 꽤나 어려운 숙제를 남겨뒀네."

재한이 혼잣말로 투덜거렸다.

"어쨌거나 결론은 크라딧이 되면서 영혼이 손실되는 것을 막기 위해서 너를 이곳에 보냈다는 거고, 네가 나와 재한에게 이런 이야기를 하는 것은 그 일을 도와달라는 의미지?"

세현이 진미선을 보며 물었다.

"맞아."

"그래서 뭘 도와줄까?"

"당연한 걸 왜 물어? 돌연변이 발생 마법진을 멈춰야지. 그리고 그와 관련된 자료들을 모두 폐기해야 해."

진미선은 명확한 목표를 제시했다.

"돌연변이 마법진이란 것이 배반의 크리스마스 실험에 사용한 그 마법진인가?"

"맞아. 그거야. 결국 그 마법진은 일반적인 생명체에 돌연변이를 일으켜서 에테르 기반 생명체로 바꾸는 것이야. 그래서 우리 고향에선 돌연변이 마법진이라고 하지."

"결국 어퓨 크라딧과 싸워야 한다는 거군……."

"그전에 지금 배반의 크리스마스 실험을 준비하고 있는 이들을 먼저 정리해야 하겠지."

재한이 크라딧을 만드는 것으로 사업을 계획하고 있는 길드들을 떠올리며 말했다.

"반발이 클 텐데……."

"그래봐야 너를 막진 못하겠지. 초인은 그런 존재니까."

진미선이 걱정스러운 표정을 짓는 세현을 보며 말했다.

"힘으로 누르란 말인가?"

세현은 그런 진미선의 태도가 마음에 들지 않는다는 듯이 인상을 찌푸렸다.

"가장 빠르고 확실한 방법이잖아. 지금 지구에서 너를 막을수 있는 존재가 있기는 한가?"

"올토아낙이 있긴 하지만 일단은 우호적이니까 괜찮을 것 같고, 어퓨 크라딧 쪽에 초인들이 있긴 하지만 여기로 나오진 않으니까 상관없겠지."

"세현, 너하고 올토아낙이 잡았던 크라딧 초인 넷은?"

"지유에션의 테멜 안에. 거긴 타모얀 부족의 초인들이 많이 있으니까 함부로 설치진 못할 거고. 그것만 아니라면 그들도 자유롭게 생활을 할 수 있는 곳이니까."

"음, 테멜에? 그것도 나쁘진 않네. 그런데 정말 괜찮은 걸까? 에테르 코어의 지배에선 벗어났지만 고철한에 종속된 상태일 텐데?"

"그건 걱정 없어. 고철한의 지배력은 생각만큼 강하지 않아. 강제로 사람들의 사고까지 지배하진 못하지."

대답은 진미선의 입에서 나왔다.

"그게 정말이야?"

세현이 물었다.

"그래. 아직까지 거대 돌연변이 마법진도 작동을 하지 못한 상태니까 더더욱 지배력이 약할 거야."

"그 거대 마법진이 작동하면 무슨 일이 벌어지는데?"

세현이 마침 생각이 났다는 듯이 물었다.

"지구 전체가 이면공간으로 들어가지. 그리고 지구의 인류 중에서 30% 정도가 돌연변이, 그러니까 크라딧이 되어 버려."

"어? 전부가 아니라 30%만? 어째서 그렇게 되는 겁니까?"

재한이 물었다.

"가이아가 힘을 썼으니까. 지구 전체의 생명이 위험한 상황에서 행성 코어로서의 힘을 최대한 써서 방어를 했지. 하지만 완전히 성공하지 못해서 그런 결과가 나온 거였어. 이후로도 계속해서 거대 돌연변이 마법진이 작동을 했지만 그것을 가아아가 막았지. 물론 완벽하진 못했지만……."

그렇게 말하는 진미선의 얼굴에는 안타까움이 가득했다.

"가이아의……."

세현이 진미선의 말에서 가이아를 떠올리며 생각에 잠겼다.

## 눈에 보이는 것과 보이지 않는 것

"그게 정말일까?"

[웅웅웅웅웅.]

"사실일 수도 있다는 거겠지? 그러면 나도 수명이 200년도 안남았다는 소린가?"

[우우우우웅.]

"에테르 생체구조로 몸이 변하게 되면 자연스럽게 에테르 코어의 안배가 발동하지. 그래서 에테르 코어의 지배하에 들어가게 되는 거고. 그래, 그렇게만 생각을 했는데 실제론 그게 영혼에 작용하는 뭔가가 있었다는 거였어. 결국 지금의 내 영혼은 돌이킬 수 없는 상태라는 소리가 되겠지."

[우우우우웅우우웅.]

고철한은 탑과 이야기를 하면서도 어두운 표정을 감추지 못했다.

　사실 고철한도 그 이야기를 믿을 수 있는지 어떤지는 확신이 없었다. 하지만 그 이야기를 꺼낸 것이 미래 길드였고, 미래 길드의 마스터인 진세현이 한 말이라면 간단하게 흘려듣기도 어려웠다.

　"영생을 얻었는가 했더니 그게 아니었다는 거지? 거기다가 영혼의 격을 높여서 상위 차원으로 갈 수 있는 길은 이미 막혔다고 봐야 하고?"

　[웅웅, 우웅, 우우웅.]

　"마음에 들지 않아. 그래서 지금 내 영혼에 문제가 있다고? 거기다가 신인류 전체가 그런 상황이라고? 마치 핀으로 고정된 곤충 표본처럼 그렇게 지금 상태로 정체되어 있어야 한다고?"

　고오오오오오! 쿠우우우우웅!

　고철한의 분노가 곧바로 천공 필드의 거대한 탑 전체의 진동으로 이어졌다.

　좀처럼 없던 일이라 천공 필드에 속해 있는 많은 이들이 깜짝 놀라서 머리를 들어 고철한이 있는 방향을 바라봤다.

　우르르르르릉! 우르릉!

　다시 한 번 탑이 진동을 했다.

　탑의 주민들이 걱정스러운 표정으로 고개를 들고 위를 바라보았다.

　천장으로 가로막혀 있지만 그 위에 그들의 지도자가 있었다.

                    *              *              *

"반응이 별로야."

"도리어 반발하는 이들이 더 많자."

재한의 말에 세현이 시큰둥한 표정으로 말했다.

크라딧이 되는 것이 곧 영혼의 결손을 가지고 와서 200년 후에는 영혼의 소멸을 겪게 된다는 이야기를 널리 알렸다.

하지만 돌아오는 반응은 예상했던 것과 같았다.


　─죽음 이후를 누가 안다는 말인가!

　─영혼의 소멸이나 죽음이나 다를 것이 뭐가 있나?

　─지금 당장 200년의 수명을 더 얻을 수 있다면 무슨 짓인들 못할까?


분위기는 이런 양상이었다.

거기에 세현이 배반의 크리스마스 실험, 다르게는 돌연변이 마법진을 연구하거나 실험하려는 모든 행위에 대해서 개별적인 징벌을 선포한 것에 격한 반응이 있었다.

수많은 단체가 세현의 그와 같은 선포를 억압이라고 반발했다. 거기다가 크라딧이 되는 것은 개인의 선택이라며 그것을 막는 것은 세현의 독단이며 개인의 자유를 억압하는 행위라는 재판소의 판결까지 만들어 냈다.

부와 권력을 지닌 다수의 사람들이 뜻을 모으니 그런 일이 금방 이루어졌다.

"법이란 거, 아주 웃겨. 꼭 필요한 법을 만들어 달라고 할 때는 미적미적하더니 내가 그걸 하지 말라고 한 것이 불법이라고 지랄을 하네. 크크큭."

세현은 세계의 몇몇 나라들에서 거의 동시에 터져 나온 재판 결과를 두고 피식거렸다.

"거기다가 지금 대대적으로 여론 몰이가 시작된 거 같다. 크라딧이 되거나 말거나. 블랙 크라딧만 벗어날 수 있다면 문제가 없는 거 아니냐는 식으로 여론을 몰고 있어."

"블랙 크라딧이야 몬스터나 다름없으니 그럴 수밖에 없지."

"하지만 몬스터가 되었건, 블랙 크라딧이 되었건 인펙션 크라딧이 있으니 문제가 아니라는 생각이지. 겁들이 없어진 거야."

"인펙션 크라딧의 수가 얼마나 되는데?"

세현이 인상을 찌푸렸다.

"이면공간 하나둘 정도는 한꺼번에 공략을 할 수 있을 정도는 되겠지."

"그래봐야 인펙션 크라딧의 수는 1만도 안 될 텐데?"

"안 되지."

"그중에서 이리저리 찢어져서 돌연변이 마법진 사업에 끼어든 이들도 많을 테고?"

"지금까지 토벌대에 협조하고 있는 인펙션 크라딧의 수는 약 2천 정도일 거야. 나머지는 여기저기 흩어져 있지. 아, 그것도 있네."

"그거라니?"

"이번에 영혼의 소멸에 대한 이야기가 퍼지면서 화이트 크라딧들 사이에 혼란이 생겼어."

"음? 화이트 크라딧 사이에?"

"일반인들보다는 도리어 그들이 더 문제지. 당장 시한부 인생이 된 거잖아."

"지랄! 200년 남은 수명을 시한부라고 하진 않지."

세현이 시한부라는 말에 어이가 없다는 듯이 말했다.

"그거야 보통 사람들 생각이고, 영생이니 뭐니 하면서 느긋했던 크라딧의 입장은 다르지. 당장 발등에 불 떨어졌다고 할 정도는 아니지만, 심각하게 받아들여야 할 문제지."

"그렇다고 치고, 그래서 크라딧들이 어떤데?"

"뭐, 살아 있는 동안에 무엇을 할 것인가를 고민하는 이들이 많아진 것 같더라. 영생을 한다고 생각했을 때보다 훨씬 치열하게 삶을 바라본다고 할까? 뭐 개중에는 극단적인 선택을 하는 놈들도 있지만."

"극단적 선택이라니?"

세현이 재한의 말에서 뭔가 불길한 느낌을 받으며 물었다.

"에테르 기반 생명체로서의 정체성을 찾아서 그에 맞게 살겠다는 것들이 있어. 에테르 코어의 지배를 받지는 않지만 에테르 기반 생명체 편에 서겠다는 거지."

"그건 또 무슨……"

"어딜 가나 예상을 벗어나는 이들은 있는 거잖아. 그래도 화이트 크라딧 중 대부분이 조금 더 적극적으로 뭔가를 하려고 하는 분위기가 생기긴 하는 거 같더라."

"무한한 시간이 주어졌다가 갑자기 200년으로 한계가 정해지니까 시간을 아껴 살아야겠다는 생각들이 든 모양이지?"

"하하하. 그래. 그런 거 같더라."

"그에 비하면 일반인들이 더 짧은 시간을 살 텐데… 그들 대부분은 자신의 시간을 많이 낭비하며 사는 것 아닌가 싶은 생각이 드네."

세현이 조금 심각한 표정을 지었다.

재한은 그런 세현을 보며 천천히 고개를 저었다.

"나는 널 보면 가끔 그런 생각이 들어."

"뭐? 어떤 생각?"

"세상 사람들이 모두 너 같으면 어떨까 하는 생각."

"음?"

"재미있겠냐?"

"…아니, 아닐 거 같다."

세현이 잠깐 생각을 하다가 대답했다.

"니가 말한 시간 낭비라는 것만 봐도 그렇거든. 솔직히 내 경우는 일분일초를 쪼개서 사는 사람에 가깝지. 하지만 그렇게 사는 내 삶과 유유자적 여유를 즐기며 사는 다른 사람의 삶을 비교해서 어느 쪽이 좋다고 잘라 말하긴 어려워. 굳이 진지하게 무게 있는 삶이나 바쁘고 긴장된 삶만을 추구할 이유는 없지 않나?"

"그래. 사람이 한 가지일 수는 없지. 다양성이 없다면 그것도 재미없겠네. 나 같은 놈만 있는 세상이라… 끔찍하네."

"너 같은 놈만 있는 경우가 하나라, 한 종류의 인간들만 있으면 그게 뭐가 되었건 끔찍하지."

"하하하! 그래, 맞다, 맞아."

세현은 재한의 말에 시원한 웃음을 터뜨렸다.

"하지만 그래도 할 건 해야겠지?"

한참을 웃던 세현이 정색을 한 것은 재한의 표정이 굳어진 직후였다.

가벼운 분위기를 걷어내고 진지한 이야기를 할 때가 되었던 것이다.

"제일 먼저 미국이다."

"어딘데?"

"US메틸. 얼마 전에 서부 지역의 길드 다섯이 합병해서 만들어진 거대 길드다. 합병의 목적이 바로 그거야. 크라딧 사업."

"장소는?"

"유타 주, 솔트 레이크."

"소금 호수?"

"몬스터들이 많이 나타나서 한동안 몬스터 영역이었던 곳이지. 가이아의 회복 후에 몬스터 세력이 약해지면서 몬스터가 많이 줄어들긴 했지만 아직은 사람이 거주하지 않는 곳이야."

"그래서 그런 곳에다가 돌연변이 마법진을 만든다고?"

"정확하게는 배반의 크리스마스 실험이지. 지금 준비하고 있는 것을 그대로 실행하게 되면 아마도 크라딧 필드가 하나 더 늘어나지 않을까 싶은데?"

"그 실험 자료는 어디서 나왔데?"

"어퓨 크라딧 쪽에서 정보를 은밀하게 풀고 있는 모양이야."

"그러니까 지금 그 고철한과 짝짜꿍을 하는 놈들이 있다는 소리네?"

"그거야 뭐, 이미 예상했던 일이잖아. 크라딧 사업을 하려면 당연히 그쪽과 줄을 대는 놈들이 생기는 거지."

"그래도 지금 크라딧은 인류의 주적으로 되어 있는 상황인데 그쪽과 거래를 한다고?"

"눈 가리고 아웅 하는 거지만 들키지만 않으면 된다는 거지."

"이럴 때는 정말 내가 왜 이렇게 설치고 있나 싶다니까."

세현이 한숨을 쉬었다.

"그래서 언제나 하는 말이지만 우리가 하는 일은 누굴 위해서 하는 것이 아니라, 자기만족을 위해서 하는 거라고 생각을 해야 한다니까."

"그래, 니 말이 맞다. 나 좋자고 하는 일이지. 내가 원해서 하는 일이고. 그게 맞는 거다."

세현은 재한의 말에 과장되게 동감을 표현했다.

그렇지 않으면 또다시 미래 필드나 다른 이면공간으로 들어가서 지구나 크라딧 따위는 잊고 살게 될 것 같았다.

"유타, 혼자 갈 거냐?"

그런 세현에게 재한이 물었다.

"그야 뭐, 혼자 가야지. 그게 제일 편하니까."

"올토아낙이라도 데리고 가지?"

"싫다. 그 녀석 그렇게 보여도 폴리몬이다. 에테르 코어의 자식이지. 그런 녀석에게 사람들 잡는 꼴을 보여주고 싶지도 않고, 도움이 필요하지도 않다."

"뭐, 니 생각이 그렇다면 내가 어쩌겠냐. 알았다."

재한은 세현의 말에 어깨를 으쓱하고는 더는 권하지 않았다.


세현은 미국의 유타 주(州)에 도착했다.

하지만 그가 미국에 들어온 것은 아무도 알지 못했다.

[음음. 대단해!]

'그래. 수고했다.'

세현은 어깨에 앉아서 코를 치켜들고 의기양양한 모습을 보이는 '팥쥐'의 태도를 받아주었다.

이전에 미국에 몇 번 다녀갔던 때에 기억해 둔 좌표로 공간 이동을 할 수 있었다.

당연히 '팥쥐'의 힘이었다.

그러니 '팥쥐'가 잘난 척을 하며 으스대는 것을 인정할 만했다.

"솔트 레이크가 이렇게 변했군."

세현은 물기가 거의 없이 말라버린 솔트 레이크를 보며 혀를 찼다.

소금물이지만 제법 수량이 있었던 호수가 거의 말라버렸다. 그리고 그렇게 말라버린 호수 바닥에는 눈처럼 하얀 소금이 두껍게 깔려 있었고, 그 소금을 재료로 기묘한 건물들이 들어서고 있었다.

애초에 건축물들은 사람이 살기 위한 용도가 아니었다.

마법진을 입체로 만들기 위한 체적이 필요한 까닭에 건물을 지어서 그 건물 안쪽에 에테르 통로를 만드는 것이다.

따지고 보면 건물의 모양 따위는 별로 의미가 없는 것이다.

하지만 안쪽에 있는 에테르 통로를 좀 더 잘 만들기 위해서 이리저리 깎아내다 보니 탑이나 기둥 같은 건물의 형태가 드러나게 된다. 그래서 겉으로 보기에는 기묘한 형태의 건축물들이 생겨나게 되는 것이다.

그리고 이곳 솔트 레이크에선 그 건물을 소금으로 만들고 있었다.

흔한 자재인 까닭도 있지만 잘못된 부분을 수정하기도 편하고, 의외로 소금으로 만든 구조물에 특정한 처리를 해서 견고하기도 했다.

"화려하게 해야겠지. 모두가 겁을 먹도록!"

세현은 허공에 몸을 띄운 상태로 솔트 레이크의 넓은 바닥을 채워나가는 건물들을 내려다보았다.

벌써부터 세현의 등장에 헌터와 천공기사들이 개미 떼처럼 뛰어나와 손가락질을 하고 있었다.

그중에는 세현의 정체를 알아본 이들도 있었던 모양이었다.

"진세현이다!"

"저놈, 우리가 하는 사업을 그만두라고 한 놈이잖아?"

"여기엔 왜 나타난 거야?"

"뻑! 지 애미와 붙어먹을 놈! 우릴 어떻게 하려는 거지?!"

"어서 연락을 해! 저놈이 여길 가만히 두지 않을 거야!"

"막아야 해!"

세현은 중구난방 떠드는 이들을 내려다보며 이야기를 듣다가 코웃음을 쳤다.

"그래. 막아 봐라! 막을 수 있다면!"

쿠구구구구궁!

### 저항(抵抗)과 징치(懲治)

쿠구구구구구궁!

콰르르르르륵!

"피, 피해! 무너진다."

"이게 뭐하는 짓이야?!"

콰과광! 콰드드득!

"저 새끼, 죽여!"

"어떻게 좀 해봐!"

"에테르가 안 움직이는데 뭘 어쩌라고? 저건 그냥 재앙이야! 어쩔 방법이 없다고!"

"다 무너지고 있다고! 저것들을 만드는데 얼마나 많은 돈이 들어갔는지 알기나 해? 에테르 통로를 만드는데 들어가는 재료는 무지 비싸!"

"그걸 누가 몰라? 그렇다고 저 새끼를 어떻게 할 거야? 응? 방법이 있냐?"

지상에서 헌터들과 천공기사들이 이리저리 뛰어다니고 있었지만 뾰족한 방법은 없었다.

그들이 건설하던 구조물들은 지진처럼 흔들리는 호수 바닥을 따라서 조금씩 무너지고 있었다.

아무리 특수 처리를 해서 강도가 높아진 건물이라고 해도 상하좌우로 지면이 흔들리는 상황에서 오래 버티긴 어려웠다.

세현은 사람들을 일절 공격하지 않았다.

그저 지면을 흔들어서 건물들을 주저앉히고 있을 뿐이었다.

지름 3킬로미터가 넘는 호수 바닥이 온통 쩍쩍 갈라지고 있었다. 가뭄에 마른 논바닥처럼 갈라진 호수 바닥 때문에 US메틸 길드가 준비한 마법진은 완벽하게 무너졌다.

다시 이곳 솔트 레이트에선 그와 같은 작업을 하지 못할 것이다.

마법진에는 에테르가 흐르는 통로가 복잡하게 얽혀 있다. 당연히 그 통로에는 에테르에 민감하고 친화적인 재료들이 사용된다. 그런데 지금 솔트 레이크 바닥에는 그 재료들이 수도 없이 뿌려지고 있는 것이다.

이런 상황에서 여기에 다시 마법진을 만들려면 먼저 뿌려진 재료들을 모두 수거해서 청정지역으로 만들지 않으면 안 된다.

그런 재료들이 조금이라도 남아 있다면 마법진을 만들어봐야 오작동을 할 가능성이 높다.

세현은 그것까지 감안해서 US메틸 길드의 마법진 구조물을 조각조각 흩어놓고 있는 중이었다.


\*          \*          \*


쾅!

"이제 어쩔 거야?! 코리아의 그 초인이란 놈이 솔트 레이트를 박살 냈어! 앙? 이걸 어쩔 거냐고!"

"진정하십시오. 회장님. 방법을 찾고 있는 중입니다."

"방법을 찾아? 그래서? 그래서 무슨 방법이 있는데? 앙?"

은백발의 노신사가 지팡이를 휘둘러 탁자를 두드리며 역정을 내고 있었다.

그리고 그런 노신사 앞쪽으로 US메틸 길드의 간부진이 한쪽에 길게 늘어 앉아 있고, 반대쪽에는 초로를 넘어선 노인들이 다수 앉아 있었다.

그리고 지금 이 회의장의 실권은 바로 그 노인들이 가지고 있었다.

노인 모두가 미국에서 알아주는 경제계의 인물들이었다.

모두가 억만장자 소리를 듣는 이들이고, 그들이 모이면 미국의 주(州) 서너 개는 살 수 있는 재력이 있다는 이들이었다.

US메틸은 그런 노부호들이 연합해서 만들어 낸 단체였다.

그리고 당연히 노부호들이 원한 것은 돌연변이 마법진이었다. 그것을 이용해서 에테르로 된 몸을 얻고, 길드를 통해서 영입한 인펙션 크라딧의 도움으로 화이트 크라딧이 되려 했던 것이다.

물론 근래에 미래 길드에서 발표한 영혼 훼손에 관한 내용도 들어서 알고 있었다. 하지만 그들 대부분은 당장의 죽음을 미루는 것이 훨씬 나은 선택이라고 믿었다.

눈에 보이지 않는 영혼, 미래의 소멸 따위는 당장 눈앞에 닥친 죽음과 견줄 바가 못 되는 하찮은 것이었다.

"걱정하지 마십시오. 이번에는 이전에 세웠던 계획대로 이면 공간 안에서 새로 계획을 추진하면 됩니다. 비록 금전적인 손해는 있지만 다시 시작할 수 있는 여건은 충분합니다."

"맞습니다. 더구나 이번에 공사를 하면서 쌓인 노하우가 있으니 이전보다 훨씬 빠르게 결과를 낼 수 있을 겁니다."

"맞습니다."

길드의 간부 쪽에서 노인들을 진정시키기 위한 말들이 쏟아져 나왔다.

"지금도! 지금도 늦어! 내가 바보인 줄 아는 건가? 크라딧이 된다는 게 금방 그렇게 이루어지는 일이 아니지 않나. 시간이 필요해, 시간이! 어떤 경우엔 몇 년이 걸리기도 한다더군. 또 그러다 보면 몸이 모두 변하기 전에 수명이 다해서 죽기라도 하면 그걸 어쩔 거야? 이렇게 투자를 하고도 결과를 못 얻게 되면 그걸! 어떻게 할 거냐고!!"

제일 상석에 앉은 노인이 다시 지팡이로 테이블을 두드리며 소리를 질렀다.

"최대한 빠르게 일을 진행하겠습니다. 그리고 이번에 꼭 필요한 에테르 코어는 지켜냈으니 너무 걱정하지 마십시오."

US길드의 마스터가 결국 입을 열었다.

지분으로 봐도 다른 노인들에게 밀릴 것이 없는 이가 길드의 마스터였다. 그가 투자한 것을 따지자면 상석의 노인에게 조금 못 미치는 정도지만, 금전적인 문제를 떠나서 조직과 인원 동원까지 생각하면 길드 마스터가 훨씬 비중이 컸다.

그런 그가 무거운 입을 열어 입장을 밝히자 회의장의 소란이 조금 가라앉았다.

"그나마 그건 다행이로군."

상석의 노인도 길드 마스터에게까지 함부로 할 수 없었던지 한 발 양보하는 모습을 보였다.

"그렇습니다. 에테르 코어가 있으니 그것으로 다시 시작하면 됩니다. 사실 가장 중요한 것은 에테르 코어가 아니겠습니까. 더구나 우리가 계획한 수준의 실험이라면 파란색 등급의 에테르 코어 정도는 되어야 합니다. 사실 그걸 구하는 것이 쉬운 일은 아니지요."

길드 마스터는 굳이 그것을 자신이 내놓았다는 생색을 내지는 않았다.

하지만 듣는 이들은 모두가 길드 마스터의 공이 크다는 사실은 다시 한 번 인식해야 했다. 그리고 이번 일로 손해가 가장 큰 것도 길드 마스터란 사실을 상기했다.

"커엄, 그럼 그 실험은 어디에서 할 생각인가?"

상석의 노인이 물었다.

"아무래도 어느 정도 규모가 있어야 할 테니까 우리들이 보유한 이면공간 중에서 초록색 등급의 캐이닝 필드에서 하는 것이 좋을 것 같습니다."

"음? 거긴 암석이 많은 곳인데?"

"그렇긴 하지만 대신에 지반을 고르게 만드는데 그만한 곳이 없습니다. 굳이 땅을 다질 이유도 없이 여기저기 널려 있는 바위만 치우거나 걷어내면 될 테니까요."

"음, 그런가? 나는 사막 지형 쪽이 더 나은 것 같았는데?"

"그쪽도 나쁘진 않겠지만 이면공간으로 사막 지형의 지반을 다질 건설 자재를 옮기는 것은 무척 부담스러운 일입니다. 그에 비해서 암석 지대는 일은 힘들어도 재료를 운반하는 데 걸리는 시간과 수고를 최소화할 수 있습니다."

"아아! 그렇군. 이면공간에서의 작업은 이곳과 다르지. 자재를 옮기는 것부터가 쉽지 않은 일이지. 그래, 그렇군."

노인은 길드 마스터의 설명에 이해가 된다는 듯이 고개를 끄덕였다.

"자, 그럼 일이 이렇게 되었으니 다시 계획을 추진하는 것으로 하고, 그 설계도는 어떻게 되었습니까?"

어느 정도 이야기가 정리되기 시작하자 중간쯤에 앉았던 노인 하나가 새로운 의제를 꺼냈다.

"지금까지 세 곳으로 나누어서 분산 보관을 하고 있었습니다만, 아무래도 위험하다는 의견이 많습니다. 그래서 색다른 방법을 써볼까 하고 있습니다."

길드의 간부들 중에 하나가 그 질문에 답을 했다.

"색다른 방법이라니 그게 뭡니까?"

"크라딧을 만들기 위해서 필요한 마법진에 대한 자료를 굳이 숨길 것이 아니라 모든 사람들이 알 수 있도록 넷상에 풀어버리자 하는 것입니다."

"으음? 그게 무슨? 그게 어떻게 얻어 낸 것인데 그걸 무상으로 푼다는 말인가? 그걸 지금 말이라고 하는 건가?"

넷상에 마법진 자료를 풀어 놓자는 의견이 나오자마자 노인들 사이에서 엄청난 고성이 터져 나왔다.

그러자 말을 꺼낸 길드 간부가 움찔 놀라며 길드 마스터의 눈치를 봤다.

"커엄, 진정하십시오. 잘 생각해보면 그게 우리들에게 절대로 손해가 아니라는 것을 알게 될 겁니다."

그러자 길드 마스터가 나서서 입을 열었다.

"손해가 아니라고? 그 자료를 구하기 위해서 우리가 얼마나 많은 노력을 들였는지 뻔히 알면서?"

"만약! 그걸 우리만 가지고 있다면 코리아의 그 초인이 우리를 찾아올 겁니다. 그리고 어떻게든 그것을 빼앗으려 하겠지요. 하지만 그걸 세상 모든 사람들이 알 수 있도록 퍼뜨리면 우리에게 닥칠 위험은 없는 겁니다. 그리고 다른 이들이 크라딧이 되는 것이 우리에게 손해가 될 일이 있기나 합니까? 도리어 시도들이 많아지면 그만큼 견제를 덜 받게 되는 겁니다. 물론 재료 수급 때문에 비용의 증가는 있겠지만……."

"비용 따위를 신경 쓸 일은 없지. 그건 문제가 아니야."

길드 마스터의 말이 끝나기도 전에 상석의 노인이 말을 끊고 나섰다.

"길드 마스터의 말이 맞아. 우리가 어렵게 구한 자료긴 하지만 다른 이들과 공유하면 얻게 되는 이익이 더 커. 우리에게 그

코리아의 초인은 반드시 피해야 할 위험이니까."

상석의 노인이 그렇게 길드 마스터의 의견에 힘을 실어주자 얼굴이 벌겋게 변해서 반대를 하던 노인들도 조금씩 고개를 끄덕였다.

하지만 그런 분위기는 곧바로 바닥으로 처박혔다.

"이야, 그거 재미있는 생각인데? 그리고 정말 그렇게 되면 그건 정말 난리가 나겠어. 안 그래?"

그것은 이렇게 말하며 회의장 탁자 위에 순간이동을 해서 나타난 세현의 등장 때문이었다.

"워워, 움직이지 마. 뭐 움직이고 싶어도 힘들겠지만 말이야."

"크으으으으!"

회의장에 난입한 순간부터 모든 사람들의 움직임을 봉쇄한 강력한 압력을 만들어 낸 세현이었다.

그나마 에테르 수련이 뛰어난 길드 간부들 중에 몇이 신음을 흘리며 몸에 힘을 주고 있었지만 제대로 움직이는 사람은 하나도 없었다.

"아, 말을 못하게 해서 미안한데, 난 시끄러운 것이 싫어서 말이야. 자, 그럼 거기 길마 씨? 그래, 길드 마스터 말이야. 내가 궁금한 것이 있어. 알지? 뭔지?"

세현은 US메틸 길드 마스터가 말을 할 수 있도록 신체의 제약을 풀어주며 물었다.

"마법진에 대한 자료를 말하는 거냐?"

"빙고! 바로 그거지. 어때? 줄 거지?"

"웃기는 소리! 절대 못 준다!"

세현이 부드럽게 물었지만 돌아온 것은 길드 마스터의 강력한 반발이었다.

"으음? 그래? 정말 안 줄 건가?"

"절대… 크어어억!"

우두두둑!

길드 마스터는 절대 줄 수 없다는 대답을 마치기도 전에 팔다리가 뒤틀리는 고통을 느끼며 비명을 질렀다.

세현의 에테르가 길드 마스터의 사지를 붙들고 빨래를 짜듯이 짜 버린 것이다.

"아아, 미안. 조금 과격했네?"

세현은 길드 마스터의 몸 안에 앙겝스 에테르를 회복을 돕는 성질로 바꾸었다.

길드 마스터는 비틀린 몸이 제 모습을 찾아가는 것을 느끼며 아득해졌던 정신을 추스르기 시작했다.

"자, 다시 물어 볼게. 어때? 내가 필요한 것이 있는데 줄 거야, 안 줄 거야?"

길드 마스터는 세현의 질문이 대답을 하지 못하고 붉어진 얼굴로 침묵을 지켰다.

"계속 침묵만 한다 그거지? 그래, 그렇다면 이렇게 할 거야. 내가 그걸 얻게 되고, 그것이 당신들에게 남아 있지 않다는 확신이 생기면, 그때는 그냥 그것만 들고 갈 거야. 그런데 만약 내가 그걸 얻지 못하면 나는 그것 대신에 여기 있는 사람들의 목숨을 가지고 갈 거야. 그리고 그게 어디 있는지 알 만한 다른 사람들을 찾아보는 거지. 아마 시간이 좀 걸리긴 하겠지만 찾을 수 있을 거라고 생각해. 아, 왜 당신들의 목숨이 필요하냐면 조금 전에 했던 그 이야기 때문에 그래. 그 자료들을 넷상에 퍼뜨리면 정말 곤란하거든. 그런데 여기 있는 사람들은 모두 그 탁월한 방법을 들어 버렸네? 그러니 입을 막아야 하지 않겠어?"

세현의 말에 꼼짝도 못하고 제압이 되어 있는 사람들의 얼굴빛이 시커멓게 죽었다.

그들은 넷상에 자료를 올리자는 의견을 들은 자신의 처지를 끔찍하게 여기고 있었다.

"어때? 그래도 안 줄 거야? 이번에도 안 준다고 하면 다시 물어보지 않을 거야."

세현이 길드 마스터를 쳐다보며 다시 물었다.

그 순간 가장 상석에 앉아 있던 백발의 노인이 눈동자를 맹렬하게 굴렸다.

길드 마스터는 그것을 보고는 고개를 푹 숙였다.

"주, 주겠다."

Chapter 3

### 다시 찾아간 타모얀 테멜

US메틸의 길드 마스터는 결국 마법진과 관련된 모든 정보를 세현에게 내놓을 수밖에 없었다.

그리고 그것은 그 회의장에 있었던 모든 이들이 동의한 것이었다. 비록 자발적인 동의는 아니었지만 모두의 목숨을 손에 쥐고 협박을 하는 세현을 그들이 이길 수는 없었다.

[음음. 이렇게 만드는 거야. 음음.]

세현이 배반의 크리스마스 실험과 관련된 마법진 정보를 얻은 후에, 그것을 '팥쥐'가 작은 크기로 만들어서 살펴보고 있었다.

"어떤 거 같아? 좀 이상하지?"

세현이 '팥쥐'에게 물었다.

[음. 이상해. 이거 봐. 이거랑 많이 달라.]

'팥쥐'가 복잡하기 짝이 없는 마법진 하나를 조금 전에 만들었던 마법진 곁에 띄웠다.

세현이 획득한 마법진은 배반의 크리스마스 때의 마법진에 비해서 두 배는 더 복잡한 모습을 하고 있었다.

"그거 두 개, 한번 겹쳐 볼래?"

세현은 '팥쥐'가 만든 마법진을 겹쳐 보라고 시켰고, '팥쥐'는 마법진의 크기를 조절해서 아귀가 들어맞는 부분을 찾아서 겹쳤다.

[음음. 굉장해! 원래 있던 마법진에서 일부를 뺀 거야. 세현, 대단해! 그걸 어떻게 알았어?]

"두 마법진이 비슷한 부분이 많았으니까 그렇지."

[그래도 이건 많은 부분이 빠진 건데? 그런데 그걸 알았잖아. 대단해, 세현! 음음.]

'팥쥐'는 굉장히 복잡하게 보이는 마법진에서 이번에 얻은 마법진 부분을 분리해 내면서 말했다.

사실 배반의 크리스마스 실험에서 사용되었던 마법진을 '팥쥐'가 복원한 것은 완벽한 것이 아니었다.

그것은 카미 필드에 있는 구조물에서 '팥쥐'가 찾아 낸 마법진을 조합해 만든 불완전한 마법진이었다.

"아무튼 이걸 보면, 이전에 있었던 마법진에서 일부 기능을 뺀 것이 분명하지?"

[음음. 그런 거야. 맞아.]

"그럼 도대체 무슨 기능을 뺀 걸까?"

세현은 그것이 궁금했다.

\*　　　　\*　　　　\*

"또 왔네? 이번에는 무슨 일이야?"

아이아어니가 세현의 방문에 조금 놀란 표정으로 물었다.

몇 년 동안 얼굴도 보이지 않았던 세현이 지유에선의 타모얀 테멜까지 몇 달 만에 다시 찾아온 것은 예상치 못했던 일인 것이다.

"이것 때문에 찾아뵙게 되었습니다. 아무래도 마법진이라면 아이아어니 님을 찾는 것이 제일 좋을 것 같아서 말입니다."

"뭐? 어떤 건데? 전에 그것처럼 일부만 가지고 와서 뭔지 알아달라거나 그러는 건 아니지?"

아이아어니는 마법진이란 말에 흥미를 보이며 자세를 고쳐 앉았다.

그리고 세현은 '끝쥐'를 통해서 두 개의 마법진을 한꺼번에 허공에 띄웠다.

"이야, 멋진데? 이거, 제법 재미있어."

아이아어니의 시선은 단번에 복잡한 마법진으로 향했다.

그녀는 한참을 마법진을 살피며 다양한 표정 변화를 보여주더니 어느 정도 파악이 끝났는지 세현을 쳐다봤다.

"이거, 굉장한데? 일반 생명체를 에테르 기반 생명체로 바꾸는 돌연변이 현상을 일으키는 것. 그래, 여기 있는 게 그거야."

아이아어니기 둘 중에 덜 복잡한 것, US메틸 길드에서 빼앗은 정보로 만든 것을 가리켰다.

"그리고 이건 그 돌연변이 현상에 더해서 일정 범위의 차원을 변이시키는 현상을 일으키는 거야. 쉽게 말하는 이면공간 같은 곳으로 그 범위에 속한 것을 떼어서 보내는 그런 거지."

"그러니까 이건 그 기능을 빼고, 돌연변이 현상을 일으키는 기능만 남겼다는 거군요?"

세현이 덜 복잡한 마법진을 가리키며 말했다.

"그래, 맞아."

"그럼 이쪽에서 일정 범위를 이면공간으로 보내는 것만 따로 떼어낼 수도 있습니까?"

세현은 돌연변이 현상을 제외한 마법진을 만들 수도 있는지 물었다.

"뭐, 가능은 할 거야. 하지만 이 마법진엔 빠진 부분들이 많아. 완전하지 않아."

"그렇습니까?"

"시간을 주면 어떻게든 복원을 할 수는 있을 것 같은데, 시간이 얼마나 걸릴지는 장담하지 못해."

"흥미가 있으시면 그걸 해보시는 것도 재미있지 않겠습니까. 하하."

"흐응, 그건 그러네. 그런데 넌 필요 없다는 거야?"

"완성된 후에 제가 쓸 수 있으면 좋긴 하겠지요. 하지만 그전에 다른 경로로 이보다 더 완벽한 마법진을 구할 수도 있지 않을까 싶습니다."

"아, 그래?"

"만약 구하게 되면 다시 보여드리겠습니다."

"고마워. 한동안 재미있겠네. 심심했는데 잘됐다."

아이아어니는 세현이 새로 추가되는 자료가 있으면 주겠다는 말에 미소를 지으며 '팥쥐'가 만들어 낸 두 마법진을 완벽하게 카피하기 시작했다.

복잡하기 짝이 없는 마법진을 아이아어니는 '팥쥐'와 유사한 방법으로 에테르를 이용해서 똑같이 만들어 냈다.

"호호홋. 됐다."

"그럼 수고해 주십시오."

세현은 이미 아이아어니를 찾아온 목적을 이루었다.

고철한이 크라딧이 되려는 사람들에게 건넨 자료로 만든 마법진이 어떤 것인지를 파악하는 것은 이미 끝난 것이다.

이면공간을 새로 만드는 기능은 없고, 단지 그 마법진의 영향을 받는 이들을 돌연변이로 만들어서 에테르 생체 구조를 지니게 하는 기능만 있는 마법진이었다.

[음음. 이거, 실험 안 해?]

'팥쥐'가 마법진을 허공의 띄운 상태로 세현을 보며 물었다.

어깨 위에 햄스터의 모습으로 나타난 '팥쥐'는 눈빛을 빛내며 뭔가 기대감이 가득한 넘을 보내고 있었다.

"설마 동물들에게 실험이라도 하자는 거냐?"

[음음음. 궁금해. 영혼이 어떻게 다친다는 건지. 나도 알고 싶어.]

'팥쥐'는 자신의 생각을 감추지 않았다.

그 순간 세현은 '팥쥐'에게도 영혼이 있는지가 궁금해졌다.

아직까지 정체가 확실치 않은 '팥쥐'였다.

디퀴프드라는 거대 구조물 생명체가 있다는 소리도 들었고, 그것이 에테르를 정화해서 행성을 구원하는 존재임도 들었다.

하지만 '팥쥐'가 정확하게 그 종족에 속하는지는 확신할 수가 없었다.

"너도 영혼이 있는지 궁금해?"

세현이 '팥쥐'에게 물었다.

[음음음. 살피고 있어. 나하고 콩쥐가 어떻게 다른지. 그런데 확실히 다른 점이 있어. 그래서 그 다른 점이 영혼의 차이인지 알고 싶어. 음음.]

"그래? 차이가 있단 말이지? 그게 적어도 육체적인 차이는 아닐 테지?"

[음. 아니야. 분명 아니야.]

'팥쥐'는 세현의 물음에 자신 있게 대답을 했다.

"너하고 콩쥐가 영혼이란 것을 살필 수 있을 정도의 능력을 지니고 있는지 어떤지는 확신하지 못하겠지만 둘이 뭔가 다른 점이 있다면 그것이 영혼 때문일 수도 있겠지."

세현은 콩쥐의 태생을 확실히 기억하고 있었다.

콩쥐는 에고를 지닌 에테르 코어에서 나온 존재였다.

'팥쥐'에게 복속이 되긴 했지만 콩쥐는 에테르 코어의 다른 모습인 것이다.

그러니 콩쥐의 영혼은 진미선이 말한 대로라면 불량품일 수밖에 없었다. 시스템의 인정을 받지 못하는 영혼의 이미테이션을 가지고 있는 것이다.

거기에 비해서 '팥쥐'는 온전한 영혼을 가지고 있을 가능성이 높았다. 적어도 블스킨이 건네준 '팥쥐'가 에테르 코어에 의해서 만들어진 영혼을 지닌 존재는 아닐 테니까.

[하나하나 비교해서 살피고 있어. 음음. 우린 굉장히 복잡하게 만들어져 있어.]

"콩쥐는 에테르로 만들어져 있을 텐데, 그럼 너는?"

세현은 에테르 코어가 에테르로 만들어져 있다면 '팥쥐'는 무엇으로 만들어져 있는지가 궁금했다.

[음음. 나랑 콩쥐는 비슷해. 콩쥐도 에테르만으로 이루어진 건 아니야. 하지만 영혼으로 추측되는 부분은 서로 비슷한 기운으로 만들어져 있어.]

"같은 거란 말이야?"

[음, 아니, 달라. 다르지만 비슷해. 영혼을 이루고 있는 그것은 완전히 파악하지 못했지만. 음음. 비슷한 다른 거야.]

세현은 '팥쥐'의 설명에 콩쥐와 '팥쥐'가 뭔가 특별한 것을 찾아내긴 했다는 사실을 알 수 있었다.

"그런데 그럼 너희가 나도 살필 수 있는 거야? 난 완전한 영혼을 지니고 있는 존재잖아. 인간이니까."

세현은 혹시나 하는 마음에 물어봤다.

[음음. 어려워. 나하고 콩쥐는 기운으로 이루어진 존재. 그래서 여기, 천공기 안에서 살고 있어. 몸이 중요한 것이 아니라 의식이 중요한 상태. 그래서 영혼을 살피는데 방해가 되는 요소들이 적어. 하지만 세현의 영혼은 몸 깊은 곳에 있어서 쉽게 살펴볼 수가 없어.]

[…있어. 명상……]

"콩쥐가 뭐라는 거야?"

정말 오랜만에 존재감을 드러내며 세현과 '팥쥐' 사이의 이야기에 끼어든 콩쥐였기에 세현이 관심을 가지고 물었다.

[음. 우리가 세현의 영혼을 살피는 거, 그래도 조금 쉬울 때 있어. 세현이 수련할 때. 에테르 호흡에 집중하면서 정신을 집중하고 신체의 정적인 상태를 유지할 때. 그거 말하는 거야.]

"육체가 방해가 된다는 거네? 너희가 내 영혼을 들여다보는데?"

[음. 그런 거야. 맞아.]

"그래. 그럼 앞으로 명상이나 에테르 호흡의 시간을 좀 늘릴 테니까 너희들이 내 영혼을 좀 살펴봐. 다른 사람들의 영혼을 살피는 건 어렵지?"

[음음. 몸이 방해를 하기도 하고, 한 번에 안 되고 계속 오래 봐야 하는데 볼 수 없으니까 다른 사람은 안 봐.]

"그래. 그렇겠네."

세현은 고개를 끄덕였다.

그런 세현 앞으로 공아현과 진강현이 모습을 드러내고 있었다.

아이아어니의 거처에서 곧바로 형 부부를 찾아오는 길인데, 세현의 접근을 그들이 알고 마중을 나온 것이다.

"녀석, 어쩐 일이냐? 다녀가고 얼마 되지도 않았는데?"

진강현이 활짝 웃으며 세현을 반겼다.

"어떻게 알고 나왔어?"

"쯧, 내가 알았겠냐? 니 형수가 알았지. 집에서 쉬고 있는데 너 왔다고 하더라."

"그래? 우와, 형도 벽을 넘었네?"

세현은 진강현이 초인의 경지에 발을 디딘 것을 알아보았다.

"운이 좋았지."

"그게 운으로 될 일이야? 아, 참. 형수님, 다시 뵈어 반갑습니다. 잘 지내셨습니까?"

"호호호. 네, 저도 반가워요. 그런데 아이아어니 님을 만나고 오시는 길인가 봐요?"

"아, 네, 그게 급하게 알아봐야 할 것이 있어서 먼저 뵙고 나오는 길입니다."

"그래도 여기까지 오셨는데 우리부터 먼저 보시지 않고."

공아현이 조금 섭섭하다는 듯이 말했다.

"일을 미뤄두고 형수님을 만나면 마음 편히 있지를 못할 것 같아서, 일부터 봤습니다. 하하하. 죄송합니다."

세현은 그런 아현에게 너스레를 떨며 미안한 표정을 지었다.

"호호호. 농담이에요. 자, 들어가요. 그렇지 않아도 이이가 어느 정도 준비가 된 것 같아서 지구로 가야 하지 않나 하고 있었어요."

"네? 지구로요?"

"네, 아무래도 전에 말씀하신 그 크라딧 문제가 자꾸 마음에 걸려서 이이하고 저도 도련님을 도와야겠다는 생각이 들어서요."

"음, 그렇군요. 저도 그 문제 때문에 드릴 말씀이 있긴 합니다."

세현은 형 부부와 집으로 가면서 진미선에 얽힌 이야기를 자세하게 풀어내기 시작했다.

초인의 속도라면 몇 분 걸리지도 않을 거리를 일반인들처럼 걸으며 이야기를 나눈 것이다.

"영혼의 단련이란 말이군요. 그럼 우리도 그 단련이 성공하면 상위 차원으로 올라가게 되는 걸까요?"

"그렇겠지만 아직까지는 영혼의 단련이란 것에 대해선 짐작도 못하겠습니다."

"그 뭐, 신선이 되거나 그러는 거 아니겠냐? 옛날이야기에 나오잖아. 부처님 세상이나 신선 세상 같은 거 말이야. 동서양을 불문하고 그런 식의 이야기는 어디에나 다 있잖아."

세현의 말에 진강현이 끼어들었다.

"나도 그런 것에 가깝지 않을까 생각하긴 해. 그런 신적인 존재들이 결국 상위 차원에 있다는 이들일 가능성이 높지. 하지만 당장 현실에선 뜬구름 잡는 이야기나 다름이 없으니까 일단은 당장 눈앞에 닥친 문제부터 집중을 해야지."

"하긴, 고철한, 그놈이 문제긴 하네."

진강현이 고개를 끄덕이며 말했다.


### 마법진이 공개되었다!


"이게 무슨 일이야?"

"진정해라. 이미 벌어진 일인데 그걸 어떻게 하겠냐?"

"이게 진정할 일이냐! 어떻게 돌연변이 마법진이 공개가 될 수 있어? 누구야! 어떤 놈들이 그런 짓을 벌인 거야?"

세현이 재한을 보며 목소리를 높였다.

세현은 방금 타모얀 테멜에서 지구로 귀환을 한 상태였다.

그리고 그런 세현 곁에는 진강현과 공아현도 함께 있었다.

"아무래도 친크라딧 계열에서 벌인 일이겠지. 이번에 US메틸 쪽이 박살이 났잖아. 거기다가 자칫했으면 모두 목이 잘렸을지도 모를 위기도 겪었고."

재한은 그렇게 말을 하며 세현을 쳐다봤다.

세현이 그 길드와 길드의 후원자들을 한꺼번에 협박한 사실을 말하는 것이었다.

"그래서?"

"그렇게 되니까 그 마법진을 가지고 있다는 것이 위험하다는 판단을 한 거지."

"미치겠군. 그래서 대책은?"

세현이 인상을 팍 찌푸리며 물었다.

"별 방법이 없다. 어떻게든 정보를 얻는 대로 실험을 할 수 없도록 막을 수밖에. 물론 마법진을 만드는데 들어가는 주요 재료들의 유통을 막기 위한 노력도 하고 있는 중이다."

"하아, 이젠 개나 소나 마법진을 만들겠다고 나서겠네."

"그래도 다행인 건, 마법진의 소형화는 불가능하다는 거다."

재한이 세현을 위로하듯이 말했다.

"소형화가 불가능해?"

"그래. 기복적으로 일정 규모가 되어야 거기에 사용하는 에테르 총량을 감당할 수 있다고 하더라."

"그게 무슨?"

하지만 세현은 재한의 말에 동의하지 못했다.

지금 당장에라도 '팥쥐'가 마법진을 구축하면 그것을 자신이 발동시키는 것이 가능했다.

물론 그 마법진의 영향이 미치는 범위는 그리 넓지 않겠지만 마음만 먹으면 몇 사람 정도에게 돌연변이 마법진을 쓰는 것은 어려운 일이 아니었다.

'마법진의 규모가 일정 이상이 되어야 한다고?'

세현은 고개를 갸웃거렸다.

"아! 그렇군."

그러다가 세현은 깨달았다.

자신이 초인의 경지에 있기에 '팥쥐'가 만들어내는 작은 마법진을 무리 없이 발동시킬 수 있다는 사실을.

작게 만들어진 마법진은 그만큼 순수한 에테르를 세밀하게 조절해서 사용해야 했다.

그것이 되지 않으면 마법진 자체에 과부하가 걸려서 타버릴 가능성이 높았다.

"뭐? 뭔데?"

재한이 세현의 탄성에 무슨 일인가 싶어서 물었다.

"마법진 재료 중에서 가장 질이 좋은 것이 뭐지?"

"그야 아주 소량만 발견되는 엘레듐이지."

재한이 세현의 물음에 즉답을 했다.

사실 엘레듐은 이종족들 사이에서도 전설의 재료라고 부를 정도로 희귀한 금속이었다.

하지만 그럼에도 이면공간에서 간혹 발견이 되는 것이어서 그것이 조금만 섞여도 평범한 재료들의 최상급의 마법진 재료로 변했다.

"만약에 그걸로 마법진을 만들면 어떻게 될까?"

세현이 재한을 보며 물었다.

"뭐?"

"엘레듐만으로 마법진을 만들면 몇 번이나 쓸 수 있는 소형 마법진이 가능하지 않겠냐?"

"아무리 작은 마법진이라고 그게 얼마나 비싼 건데 그런 짓을 해? 다른 것에 섞어 쓰는 것이 훨씬 활용도가 높을 텐데?"

"커엄, 그건 좀 다른 문젠데?"

그때, 지금까지 이야기를 듣고만 있던 진강현이 불쑥 끼어들었다.

"네, 넵? 무슨 말씀이신지요?"

그러자 재한이 허리를 꼿꼿하게 세우고 앞단추를 만지면서 마치 장군 앞에 선 신병 같은 모습으로 물었다.

재한에게 진강현은 어릴 때부터의 우상이었다.

그런 우상 앞에서 몸이 굳는 것은 재한으로선 당연한 반응이었다.

"크게 만들면 숨기기 어렵지. 그러니 최대한 작게 만드는 것이 좋아. 그걸로 소수 인원을 크라딧으로 만드는 작업을 하면 쉽게 발견하기 어렵겠지."

"맞아요. 알음알음으로 소수의 재력가들만 모아서 일을 벌이면 정말 찾기 어려울 거예요. 더구나 그걸 이면공간에서 한다면 더 찾기 어려울 거고. 그게 아니라도 작은 마법진이라면 이동 가능할 수도 있어요. 그럼 정말로 꼬리를 숨기기 좋겠죠."

진강현과 공아현이 모두 세현이 걱정하는 바가 뭔지 알아차리고 말했다.

"정말 곤란하게 되었네. 결국 크라딧의 발생을 완전히 막는 것은 불가능하게 되었단 소리네?"

세현이 허탈한 표정을 지으며 말했다.

"그래. 하지만 그건 어쩔 수 없다. 이후론 그들이 주류가 되지 않게 해야겠지. 나이를 먹어 늙게 되면 자연스럽게 크라딧이 되는 것을 사람들 모두가 용인하게 된다면 정말 문제는 심각해지니까 말이다."

"맞아요. 그건 사회적인 분위기에 따라서 달라질 수 있어요. 마약만 하더라도 얼마나 강력한 사회적 약속이 있느냐에 따라서 최소한으로 피해를 줄일 수도 있고, 사회 전반에 퍼지게 될 수도 있어요. 그런 거죠."

강현과 아현이 어쩔 수 없이 지금 선택할 수 있는 최선의 방법을 제시했고, 세현도 어쩔 수 없이 그 의견에 고개를 끄덕일 수밖에 없었다.

"그런데 진미선, 그 아가씨는?"

"당신은 아가씨가 뭐예요? 6대손이라잖아요. 손녀라고 해야죠."

"아, 어, 그건 좀……."

"호호호. 그래도 당신하고 나 사이에 아이가 생긴다니 그건 정말 반가운 소식이에요. 난 몸이 변하기 시작하면서 당신의 아이를 갖지 못하는 것이 아닌가 무척 걱정을 했거든요."

공아현은 난처해하는 진강현의 표정이 재미있다는 듯이 놀렸다.

우우우웅! 슈훅!

"엇?"

"어라?"

그런데 그 순간 재한의 집무실에 에테르의 유동이 일어나는 것과 동시에 진미선의 모습이 나타났다.

"뭐야? 전에도 그러더니 또 그러냐? 좀 정상적으로 오고 갈 수 없냐?"

세현이 그런 진미선을 살짝 나무랐다.

"이게 편한데 뭐. 아, 안녕하세요. 여긴 아니지만 다른 지구에서 두 분의 6대손이 되는 진미선이라고 해요. 만나서 영광입니다."

진미선은 세현에게 톡 쏘아 붙이더니 곧바로 진강현과 공아현을 보며 정중하게 고개를 숙이며 인사를 했다.

"아, 반가워. 후손을 이렇게 보게 되니 신기하네?"

제일 먼저 공아현이 진미선의 인사를 받았다.

그리고 그 뒤를 이어서 진강현이 머뭇거리며 입을 열었다.

"그, 뭐라고 해야 할지 모르겠네요. 내가 진강현이에요. 300년 후의 후손이라니 참, 세상엔 신기한 일도 많아요."

"네, 그렇죠? 조상 할아버지."

"호호홋. 당신 들었어요? 조상 할아버지래요! 호호호홋. 그런데 미선아, 나한테는 조상 할머니라고 부르진 않겠지? 그렇지?"

진미선이 진강현을 조상 할아버지라고 부르자 공아현이 배를 잡고 웃었다.

하지만 그러면서도 자신을 할머니라 부르는 사태에 대해서는 철저하게 미연에 막아서는 그녀였다.

"네, 공아현 조상님."

진미선은 어색하게 웃으며 그렇게 대답했다.

"그런데 무슨 일이야. 타이밍 좋게 나타난 거 보니까 우리 이야기 듣고 있었어?"

그때, 세현이 나서서 진미선에게 물었다.

"네가 뭐하고 다니는지는 언제나 살피고 있지. 너, 여기서 사라지고 나서 다시 나타날 때까지 지켜보고 있었거든."

진미선은 여전히 세현에게 존대를 하지 않았다.

"그래서 네 이야기를 하니까 이렇게 쑤욱 나타난 거구만?"

"그런 거지."

짝짝짝!

"자자, 좋아요. 일단 자리부터 정리하죠. 이렇게 서서 이야기할 것이 아니라."

공아현이 손뼉을 쳐서 사람들의 이목을 모은 뒤에 어수선한 분위기를 정리했다.

그러고는 곧바로 재한의 집무실 옆에 붙어 있는 작은 회의실로 모두가 자리를 옮겼다.

"전에 이야길 하지 않은 것이 있는데, 고철한이 준비하고 있는 거대 마법진이 발동하면 지구가 이면공간으로 끌려 들어가게 되어 있어."

자리에 앉자마자 진미선이 세현을 보며 말했다.

"그건 했던 이야기 같은데?"

"아, 그런데 그렇게 지구가 이면공간의 틈에 끼게 되면 지구와 연결된 크라딧 필드 전부와 절반에 가까운 이면공간이 튕겨. 그것도 어디로 사라졌는지 모르게 튕겨 버리지."

"뭐? 그게 무슨 소리야?"

세현이 깜짝 놀라서 소리를 질렀다.

"사실 그 때문에 문제가 생기기도 했어. 진세현, 넌 그때 미래 필드와 함께 실종이 되거든. 우리 쪽 세상에서는 말이야. 그리고 조상님들께서 지구로 급히 오시게 되는 거였지. 뭐 지금은 확실히 그 과거가 바뀌고 있긴 하지만."

"내가 실종이 되었다고? 지구가 이면공간으로 빨려 들어가는 충격, 뭐 그런 거 때문에 미래 필드와 함께?"

"그래. 맞아. 사실 그때, 튕겨진 필드들이 엄청나게 많은데, 그 중에서 300년 동안 다시 발견된 것은 절반도 안 되는 수준이었어. 나머지는 어디로 사라졌는지 알 수가 없었지. 아! 그중에는 튕겨진 시점에서 70년 정도 지나서 나온 것도 있었어. 물론 그 필드에 있던 사람들은 70년이 지났다는 것도 알지 못했지. 그냥 순식간에 70년이 지난 시점으로 튕긴 거야."

"확실히 간단한 문제가 아니군요. 결국 고철한이 준비하고 있는 거대 마법진을 무슨 일이 있어도 멈춰야 한다는 건데……"

진강현이 굳은 표정으로 말했다.

"네, 그런데 그게 쉽지 않아요. 초인이라고 해도 천공 필드에 다가갈 수가 없어요. 중간에 거쳐야 하는 이면공간들은 이미 통제가 되고 있거든요."

"아, 그 이야긴 들었어. 도련님도 3선으로 구별되어 있는 이면 공간 중에서 1선과 2선은 들어가기 어렵다고 했지."

공아현이 진미선의 말을 받았다.

"그게 천공 필드에 있는 마법 중추의 능력이에요. 마법진이 깔려 있는 곳의 에테르를 움직일 수가 있죠."

"그거 굉장한데요? 마법 중추가 에고를 지니고 있다는 소리 군요."

재한이 놀랍다는 표정을 감추지 못하며 말했다.

"그에 대해선 나도 아는 것이 없어요. 그 마법 중추는 거대 마법진이 작동하는 순간 고철한과 하나가 되었다고 들었어요. 그 때문에 고철한은 다른 크라딧들이 지닌 영혼 소멸이라는 시한부에서 벗어났다는 이야기가 있었죠. 사실상 고철한은 그 마법 중추와 하나가 되면서 영혼 자체가 사라진 존재가 되었다고 예상하고 있어요."

"영혼이 훼손된 것을 고친 것이 아니라 영혼이 사라진 상태라고?"

세현이 어째서 그런 예상이 나온 건지 이해가 되지 않아서 되물었다.

"훼손된 영혼을 치유하는 것이 가능했다면 그 많은 크라딧들이 죽어가지 않았겠죠. 200년이라는 한계 수명을 넘어서 제가 여기 올 때까지 살아 있었던 1세대 크라딧들은 그리 많지 않아요. 기껏 십여 명에 불과하죠. 그리고 그들도 조금씩 죽어가고 있었어요. 오직 고철한만이 아무 이상 없이 버티고 있었죠."

"그럼 결국 고철한은 인간도, 크라딧도 아닌 무엇이 되었다는 말이네요."

"조상 할아버지 말씀이 맞아요. 우리들은 고철한이 일종의 코어가 되었다고 보고 있죠. 천공 필드와 연결된 이면공간들과 크라딧 필드를 지배하는 코어와 일체가 된 상태라고 보는 거예요."

"어쨌거나 거대 마법진이란 그걸 어떻게든 없애야 하는 거잖

아. 그런데 그걸 하려면 천공 필드로 가야 하는 거야? 다른 곳에선 안 되나?"

공아현이 진미선을 보며 물었다.

"아마도 어려울 거예요. 백팔 개의 이면공간은 결국 부수적인 역할만 하게 되고, 스스로 수복 기능도 있어요."

"수복이라니? 내가 이면공간 자체를 소멸시켰는데 수복이 될 수가 없지 않나?"

세현이 무슨 말도 안 되는 소리냔 표정으로 진미선을 바라봤다.

"남아 있는 이면공간에 중첩해서 마법진을 구축하면 되잖아. 사라진 이면공간은 복원을 못해도 마법진은 다시 만들 수 있지. 그것도 다른 손을 빌릴 필요도 없어. 지금 수준이면 거대 마법진의 중추가 자신이 움직이는 에테르를 사용해서 마법진을 구축하는 것도 가능하지. 그래서 우리가 그 마법진을 파괴하려면 마법진의 중추로 가야 한다는 거야. 안 그럼 소용이 없으니까."

"자체 수복? 뭐 그런 게 다 있어?"

세현이 탄식처럼 소리를 질렀다.

*뭐라고? 어딜 가자고? 니네 고향에?*

"자, 크라딧을 만드는 돌연변이 마법진에 대해선 시간을 두고 천천히 해결책을 찾아야 할 것 같습니다. 어차피 마법진에 대한 자료가 공개가 되어버린 상황이라 어느 정도 재력이 있는 이들이라면 그것을 구축하는 것이 가능하게 되었습니다."

세현이 거대 마법진에 수복 능력이 있다는 말에 화를 내고 있을 때, 재한이 화제를 돌려서 달아오른 분위기를 진정시켰다.

"그거야 여론 싸움이 되겠지. 크라딧이 되는 것에 얼마나 위험한 일인지를 알리고, 영혼의 훼손이 결국은 존재의 소멸로 이어진다는 것을 알려야 할 거야. 그리고 크라딧이 된다고 문제가 끝이 아니지. 블랙 크라딧으로 남게 되면 결국 에테르 코어의 지배를 받는 노예 신세가 된다는 것도 문제지. 인펙션 크라딧의 도움을 받지 못하면 평생 에테르 코어의 지배를 받게 되는 거야. 그러다가 어디선가 눈 먼 칼에 맞아 죽는 거고."

진강현이 재한의 말에 힘을 실어주었다.

"정작 중요한 것은 그게 아니잖아. 형! 고철한의 거대 마법진을 어떻게 처리할 것인가 하는 것이 중요한 거 아냐? 그거 해결 못하면 곤란해진다고."

하지만 세현은 무엇보다 중요한 것이 고철한이 손에 쥐고 있는 거대 마법진이라고 판단했다.

"맞아요. 제가 여기 온 것도 그런 이유죠. 어떻게든 그 마법진을 멈춰야 해요. 고향의 과거와 달리 조상님들도 벌써 여기에 와 계시니 뭔가 변화가 많이 생기긴 했지만, 그래도 그 마법진이 작동하게 되면 모든 것이 끝장이에요."

진미선이 세현의 말에 동의하며 진강현과 공아현의 협조를 바라는 열렬한 눈빛을 보냈다.

"뭐, 그야 우리도 그걸 어떻게든 할 수 있다면 하고 싶지. 하지만 고철한, 그 사람이 천공 필드에 숨어 있다면서? 그런데 우린 천공 필드에 갈 수 있는 방법이 없고 말이야."

하지만 공아현은 그런 진미선의 눈빛이 부담스럽다는 듯이 슬쩍 딴 곳으로 시선을 돌렸다.

"물론 방법은 찾아봐야겠지요. 하지만 후손의 고향에서도 방법을 찾지 못한 일이 아니었나요? 그런데 여기라도 무슨 수가 생기는 것은 아니죠."

진강현도 답답한 마음을 표정에서 숨기지 못했다.

"일단 그 내용도 전 세계에 알리도록 하겠습니다. 고철한, 그가 준비하고 있는 마법진이 어떤 효과를 가지고 오는지에 대해서 설명을 하고, 지구와 연결된 이면공간들에도 문제가 생긴다는 것을 알리지요. 그러면 지금처럼 이면공간으로 도망을 가서 안전을 도모하려는 이들도 크라딧 토벌에 조금이라도 도움을 줄 겁니다."

재한은 자신이 미래 길드를 움직여서 할 수 있는 일을 거론했다.

사실상 무력을 동원해서 일을 처리하는 것은 이곳에 있는 초인들이 나서는 쪽이 훨씬 효율적이다.

하지만 여론을 움직이는 것은 재한이 나서는 쪽이 효과가 좋왔다.

"정말 방법이 없어?"

그때, 진미선이 세현을 보며 물었다.

그녀는 세현에게 뭔가 방법이 있을 거라고 기대하는 눈빛이었다.

"왜 날 가지고 그래? 나라고 무슨 뾰족한 수가 있겠어?"

세현은 진미선이 무엇 때문에 자신에게 그런 말을 하는지 모르겠다는 표정으로 말했다.

"내가 알기로 너는 뭔가 특별한 이동 수단을 가지고 있는 걸로 아는데? 심지어는 이곳에서 자유에선이나 타모얀의 테멜까지도 이동이 가능하잖아. 그쪽으로 무슨 방법이 없겠어? 천공필드로 가는 방법 말이야."

진미선이 세현을 보며 물었다.

세현은 그런 진미선을 보며 한참 생각에 잠겼다.

자신이 '팥쥐'와 콩쥐의 도움을 받아서 공간 이동을 한다면 천공 필드로 갈 수 있는가?

세현은 그것이 충분히 가능할 수 있다고 생각했다.

하지만 그전에 한 가지 전제 조건이 충족되어야 했다.

"공간 이동, 좋은 방법이야. 그리고 가능성이야 있지. 하지만 내가 공간 이동을 하기 위해서는 그곳의 공간 좌표를 알아야 해. 그게 아니면 절대 불가능하지."

"역시 그런 거야? 천공 필드의 좌표가 필요하단 말이지?"

세현의 말에 진미선이 눈빛을 빛내며 물었다.

"맞아. 적어도 그곳에 한 번은 가 봐야 한다는 거지."

"그럼 방법이 전혀 없는 건 아닌데?"

세현은 천공 필드에 한 번은 가야 한다는 말도 불가능하다는 뜻을 전달했는데 의외로 진미선은 가능성이 있다고 대답했다.

"뭐? 방법이 있다고?"

세현이 깜짝 놀라서 물었다.

"그래, 방법이 있어! 천공 필드의 좌표를 구하면 되는 거잖아."

"아니, 그러니까 그렇게 하려면 천공 필드로 한 번은 들어가야 한다고. 그런데 지금 그 방법이 없는 거잖아!"

세현은 무한 도돌이표 같은 상황에 짜증을 내며 말했다.

지금 그 천공 필드에 들어갈 방법이 없어서 이러고 있는 건데, 거길 들어가서 좌표를 구하면 된다니 그게 무슨 앞뒤가 맞지 않는 소린가.

당연히 짜증이 날 수밖에 없었다.

"물론 여기선 안 되는 거야. 하지만 내 고향이라면 가능해."

그때, 진미선이 심각한 표정으로 세현에게 말했다.

"뭐라고? 고향?"

세현이 깜짝 놀라서 진미선을 바라봤고, 진강현과 공아현, 고재한의 시선도 진미선에게 쏟아졌다.

"여긴 천공 필드로 들어갈 방법이 없지만 고향에선 거대 마법진이 발동한 후, 오랜 동안 그들과 싸우면서 천공 필드에 대한 직접적인 타격이 몇 번 있었어. 적어도 그곳으로 가는 길이 완전히 막혀 있는 것은 아니란 거지. 거기다가 천공 필드는 꽤나 많은 이면공간과 연결이 되어 있어."

"하지만 그 이면공간들은 에테르 통제 때문에 위험할 텐데?"

공아현이 거대 마법진의 중추가 마법진이 있는 이면공간의 에테르를 통제할 수 있고, 그것이 무척 위험하다는 사실을 떠올리며 물었다.

"그렇긴 하지만 고철한과 마법 중추가 하나가 된 후로는 그 백팔 이면공간들에 깔렸던 마법진이 사라졌어요. 지구를 상대로 마법진이 발동한 후에 대부분의 마법진이 증발해 버렸죠."

"그러니까 이곳과는 달리 에테르 통제가 없다는 소리네. 그래서 그 이면공간들을 통해서 천공 필드에 대한 공격이 간혹 벌어지고 있고?"

공아현이 다시 물었다.

"네, 조상님 말씀대로예요."

"그래서 지금 나보고 거길 가자고? 네 고향이라는 곳에 가서 천공 필드에 들어가서 좌표를 구해 오자는 이야기야?"

세현이 진미선을 보며 확인하듯이 물었다.

"그래. 바로 그거지. 이곳과 그곳은 평행 우주니까 공간 좌표는 같을 거라고 봐. 내가 지구에 몇 곳의 공간 좌표를 가지고 근거리 공간 이동을 하는데, 고향에서나 이곳에서나 같은 위치로 이동이 가능하더라구. 그러니까 천공 필드에 대한 것도 마찬가지일 거야."

"좋아, 정말 그렇다면 괜찮은 방법이겠네. 하지만 내가 어떻게 네 고향으로 가지? 그게 가능하긴 한가?"

세현이 진미선을 보며 물었다.

"당연히 쉬운 일은 아니지. 평행 우주를 넘는 것은 엄청난 인과의 변화를 만들어 내. 그 때문에 우주의 질서에 영향을 끼칠수도 있는 거지. 그래서 그에 합당한 공적을 세워야 해. 거기다가 그렇게 이동해서 벌인 일에 대해서 이후에 책임을 져야 하지."

"책임이라고?"

"기울어진 균형추를 맞추기 위해서 많은 일을 해야 한다는 거야. 서로 다른 세상을 오가는 거니까 뭔가 문제가 생길 테고, 그것을 바로잡기 위해서 이런저런 일들을 해야겠지."

"굉장히 어려울 것 같은데?"

세현이 꺼림칙한 표정으로 진미선을 쳐다봤다.

"뭐, 그렇긴 하지. 기본적으로 초인이 되지 않았다면 아예 시도조차도 할 수 없는 일이야. 초인 정도의 격은 되어야 우주의질서를 조금 흔들고, 바로 잡는다는 식의 거래가 가능하지."

"거래라면 그 시스템인가? 대상이?"

"우주의 질서라고도 할 수 있지."

"으음."

세현은 진미선의 말에 고민이 된다는 듯이 턱을 쓰다듬으며 신음 소리를 냈다.

"잠깐, 지금 세현이를 어디로 데리고 간다고? 후손의 고향? 그러니까 평행 차원을 넘어서 세현이를 미래로 데리고 간다고?"

그때, 진강현이 말도 안 된다는 표정으로 진미선을 보며 소리를 질렀다.

"하지만 천공 필드로 가는 좌표를 얻기 위해선 그게 제일 좋은 방법입니다. 조상님."

진미선은 그런 강현에게 똑 부러지는 목소리로 말했다.

"왜?"

진강현이 물었다.

"네?"

무엇을 묻는지 짐작이 가지 않는 진미선도 어정쩡히 되물었다.

"그러니까 왜 세현이가 굳어 그 일을 해야 하냐고. 그냥 지유에선 정도로 피해 있으면 그만 아닌가? 사실 영혼이 훼손되느니 어쩌느니 해봐야 그게 뭐가 문제지? 그것도 개인의 선택 아닌가? 인간은 스스로의 운명을 스스로 선택할 수 있는 거잖아. 크라딧이 되고 싶으면 되라고 해! 왜 그딴 놈들 때문에 내 동생이 평행차원까지 오가면서 뭔가를 해야 하는 건데!"

"여보! 그게 무슨 소리예요? 고철한, 그 사람을 막아야 하잖아요."

공아현이 진강현의 말에 깜짝 놀라서 소리를 질렀다.

"듣자 하니 후손의 고향이란 곳도 완전히 멸망을 한 것은 아니잖아. 그쪽의 시스템인지, 우주의 질선지 하는 것이 영혼의 소멸 때문에 곤란하다곤 하지만 그걸 굳이 세현이 나서서 해결을 할 이유가 있나?"

하지만 진강현은 공아현의 말도 받아들이지 않았다.

동생인 세현이 짊어지는 짐이 너무 무겁다고 여긴 것이다.

"형, 진정해. 알잖아. 초인이 되면 그에 따르는 책임이 생겨. 물론 그걸 꼭 해야 하는 건 아니지. 하지만 초인의 성장에 그것이 도움이 된다는 것은 사실인 것 같아. 저 진미선이 이야기하는 우주의 질서, 혹은 시스템의 요구를 들어주면 그에 따라서 조금씩 격이 높아지는 것이 아닌가 싶거든."

"…너는 네가 하는 일이 결국은 너를 위해서 하는 일이라고 말하고 싶은 거냐?"

세현의 말에 진강현이 조금은 진정된 목소리로 물었다.

"그래. 형, 그러니까 그렇게 발끈할 건 없어. 다만 형의 말대로라면 어쩐지 내가 손해를 보는 거 같기는 하네. 시스템이 원하는 것을 하기 위해서 어쩔 수 없이 평행차원을 넘어야 한다면 그건 그쪽에서 편의를 제공해야 하는 거 아닌가? 당신은 어떻게 생각하지?"

세현이 강현을 진정시키는 동시에 진미선을 보며 말했다.

"응? 편의 제공?"

"진미선 씨, 당신이 이곳에 온 이유가 크라딧이 된 영혼이 결국에는 소멸로 이어지는 것이 문제가 되었고, 그걸 해결하기 위해서라며?"

"응. 영혼 하나하나는 무척 소중한데, 그것이 크라딧이 된 후 200년 정도 지나면 소멸을 한다는 게 문제지. 그 때문에 시스템이 곤란을 겪고 있고, 상위 차원에서도 심각하게 바라보고 있다고 했어."

"그럼 그 문제를 해결하기 위해서 네가 왔는데 어째서 시스템의 도움을 받지 않고 도리어 대가를 치러야 했던 거지?"

세현은 진미선의 말에 모순이 있다는 걸 깨닫고는 물었다.

그리고 그 모습을 보며 진강현이 팔짱을 낀 상태로 고개를 끄덕이고 있었다.

"뭐예요? 이게?"

공아현이 그런 진강현의 옆구리를 찔렀다.

"뭐긴, 일을 하면 그에 따른 대가를 받는 것이 당연하지. 공짜로 사람을 부려먹으려 하면 안 되는 거지. 아니, 도리어 몸 주고, 돈 주고 하는 꼴이잖아. 세현이도 그걸 깨달은 거지."

진강현은 무척 흡족한 표정으로 말했다.

그리고 그 모습에 공아현도 한참 눈동자를 돌리다가 뭔가를 깨달은 듯이 활짝 웃었다.

"그러네요. 영혼에 문제가 생기는 것을 해결하면 결국 시스템에게 이익이 되는 거네요. 그걸 해주는 대신에 대가를 받아야 한다는 말이네요. 그럼 후손의 경우에도 그래야 하는 거 아닐까요?"

"뭐 그거야. 알아서 할 일이지. 다만 어쩌면 후손은 이미 그 대가를 받은 거라고 볼 수도 있겠군."

"네? 그게 무슨 말이에요?"

"아니, 그냥 짐작일 뿐이야. 이번 사태가 완전히 해결이 되고 나면 후손의 평행 차원이 어떻게 될까를 생각해 보니 문득 그런 생각이 들었지. 평행 차원 중에서 쓸모가 없는 것은 지워 버리면 되지 않을까 하고 말이야. 어차피 같은 영혼이 여럿 있을 이유가 있는가 싶기도 하고."

"아? 그러니까 문제가 해결된 차원만 남기고 다른 쪽은 없앤다고요? 그런데 후손이 받은 대가란 건요?"

"고향이 소멸할 때, 이쪽에 있게 되면 그 소멸에서 벗어날 수 있을 테지."

진강현이 진미선을 뚫어져라 쳐다보며 말했다.

진미선은 그런 진강현의 시선을 맞받지 못하고 외면했다.

Chapter 4

### 세현, 돌아오다

"아무튼 하지 말라는데 꼭 하겠다고 설치는 것들이 있어요. 매번 이렇게 사람을 피곤하게 한다니까요."

"갔다 왔어?"

현관문을 들어오며 투덜거리는 공아현의 목소리에 소파에 앉아서 생각에 잠겨 있던 진강현이 몸을 일으키며 물었다.

"그래요. 갔다 오긴 했는데 별로 기분이 좋지는 않아요."

공아현은 평소와 달리 까칠한 표정으로 말했다.

"무슨 일이 있었어? 왜 그래?"

"아니, 내가 거길 가 보니까 그거잖아."

"그거라니?"

"소형 마법진이요. 거기서도 그걸 가지고 크라딧을 만들고 있더라니까요? 그것도 코어까지 한참 힘이 모자란 불량 코어를 이용해서요. 그 때문에 문제가 심각했어요."

"잘못된 경우가 많았겠군."

"그렇다니까요. 사람도 아니고 짐승도 아닌 꼴이 되어서 갇혀 있는 실험자들이 한둘이 아니더라고요."

공아현이 생각도 하기 싫다는 듯이 고개를 저었다.

"뭐, 그래도 죽지 않고 살아 있으면 인펙션 크라딧의 도움으로 정신을 차릴 확률은 있잖아. 죽이지 않고 가둬 둔 것만 해도 나름 신경을 쓴 것 같은데?"

"가둬 놓은 사람들이야 연고도 있고, 제법 빽이 든든하니까 그런 거죠. 아닌 경우엔 그냥 참가비는 꿀꺽 삼키고 실패한 실험체들은 소각하고 뭐 그런 거잖아요. 뻔히 알면서 그런 소리를 해요?"

"거기도 그런 곳이었어?"

"말도 마요. 생각하기도 싫어요."

공아현은 그렇게 말을 하고는 욕실로 들어가 버렸다.

진강현은 그 모습을 눈으로 쫓다가 다시 소파에 앉아서 생각에 잠겼다.

세현이 진미선과 함께 사라진 것이 벌써 1년 가까이 되었다. 남은 사람들은 시스템의 도움을 받아서 평행차원으로 세현을 데리고 간다고 했던 진미선의 말을 믿을 수밖에 없는 상황이었다.

그러니 그들이 사라진 후로 강현과 아현 등은 무작정 둘이 돌아오기를 기다리는 수밖에 방법이 없었다.

그리고 그 두 사람이 사라진 뒤로 시간이 흐르면서 세상에 널리 퍼진 돌연변이 마법진, 지금은 크라딧 변환 마법진이라고 불리는 그것이 큰 문제가 되고 있었다.

그 마법진은 처음 설계부터 거대한 규모로 설계가 된 것이고, 거기에 파란색 등급 정도의 에테르 코어를 에너지원으로 써서 발동을 시켜야 하는 것이었다.

그런데 막상 마법진에 대한 자료가 널리 퍼지기 시작하자 그것을 소규모로 만들고, 나중에는 코어도 아닌 주얼로 마법진을 가동하려는 시도가 곳곳에서 있었다.

당연히 그렇게 준비된 마법진은 제대로 작동을 하지 못하고 오작동을 일으켰다.

하지만 그렇게 오작동을 일으킨 결과로도 크라딧이 만들어지기는 했다. 물론 돌연변이가 되어서 기괴한 꼴이 되는 부작용이 분명히 있었지만 크라딧이 되는 경우도 적지 않았기에 문제가 심각해졌다. 어차피 죽을 거라면 한번 시도라도 해보겠다는 이들이 줄을 이었던 것이다.

그 비용이 만만치 않았지만 안전한 크라딧 변환 마법진에는 비교할 수 없을 정도로 싼 가격이었다.

그러니 나이가 많아서 죽을 날이 멀지 않았다고 느끼는 이들은 도박을 하듯이 그 실험에 참가하고자 했다.

그 때문에 하루에도 몇 번씩 어둠이 경로를 통해서 모인 사람들이 불법 실험을 하고 있었다.

—경기도 의왕에서 돌연변이가 난동을 부리는 사고가 일어나 헌터경찰이 출동해서 격전 끝에 포획하는 일이 벌어졌습니다. 이 때문에 한때, 의왕시의 교통이 마비되고 시민들에게 대피 명령이 떨어지기도 했습니다. 자세한 소식은…….

강현이 생각에 잠겨 있는 동안에 욕실에서 나온 공아현이 곁에 앉으며 입체 영상 화면을 틀었다.

마침 뉴스 채널이었는지 돌연변이의 난동 사건에 대한 이야기가 나오고 있었다.

"저건 그냥 몬스터와 같이 취급을 해야 하는 건데, 그래도 사람이었던 거라고 인권이니 뭐니 해서 함부로 하지도 못하고 있네. 쯧."

진강현이 그 화면을 보자마자 인상을 찌푸리며 말했다.

불법으로 돌연변이 마법진을 사용하다가 돌연변이가 된 이들이 거리로 나와서 생긴 문제였다.

진강현은 그런 돌연변이도 몬스터로 취급을 해야 한다고 생각했다.

"그래도 인펙션 크라딧의 도움을 받으면 몸은 몰라도 정신은 본래의 모습으로 돌아올 수 있잖아요. 그러니까 함부로 하지 못하는 거죠."

공아현이 당연하다는 듯이 강현의 말을 받았다.

"법을 어기고 불법 마법진을 사용하다가 저 꼴이 되었잖아. 그리고 저 상태에선 에테르 코어의 지배를 받는 거지. 그럼 저건 몬스터나 다름이 없다고 봐야지. 아닌 말로 따지고 보면 몬스터나 마가스, 폴리몬도 인펙션 크라딧의 도움을 받으면 중립적인 태도도 바뀌는 경우가 종종 있어. 그럼 그것들도 인권이니 뭐니 하면서 보호를 해야 하는 거 아냐? 거기다가 시간이 지나면 돌연변이인지 몬스턴지 모르게 되잖아. 몸 전체가 에테르 생체 구조로 바뀌면 구별도 안 되는데 뭘……."

"신경질 내지 말아요. 수도 없이 했던 이야길 왜 또 꺼내요? 답도 안 나오는 걸로 말싸움하고 싶어요?"

공아현이 잔뜩 날이 서 있는 것 같은 진강현의 뺨을 손바닥으로 쓸어주며 말했다.

진강현은 그 손길을 받으며 눈을 살며시 감았다.

"휴우, 알아요. 당신이 도련님을 얼마나 걱정하고 있는지. 당신 이러는 거 전부 도련님 걱정 때문이잖아요. 하지만 이제 1년이 지났을 뿐이에요. 그 진미선이란 후손은 최소 1년 정도는 걸릴 거라고 했고, 길면 2, 3년 정도 걸릴 수도 있다고 했어요. 너무 조급해하지 말아요."

공아현은 나지막한 목소리로 눈을 감고 있는 진강현을 달랬다.

진강현은 평소처럼 오늘도 아내의 위로를 받으며 마음을 진 정시키려 노력했다.

하지만 세현이 돌아올 때가 되었다는 생각을 할 때마다 동생 이 무사한지 걱정이 되어서 마음이 어지러웠다.

"그나저나 올토아낙도 문제예요."

공아현의 남편의 관심을 돌리기 위해서 다른 주제를 꺼냈다.

"왜? 또 사고를 쳤나?"

진강현도 올토아낙이란 이름에는 관심을 보였다.

폴리몬이면서도 에테르 코어의 지배를 받지 않고 자유의지를 지닌 존재가 올토아낙이었다.

더구나 그 올토아낙은 초인의 능력을 지닌 폴리몬이기도 했 다. 만약 지구에 강현과 아현이 없다면 올토아낙이 무슨 짓을 해도 막기 어려웠을 것이다.

올토아낙은 지구의 판게아에서 각성을 해서 초인의 경지에 올랐기 때문에 지구에서의 활동이 자유로운 초인이었다.

다른 초인들이 지구에서 제대로 활동을 할 수 없다는 제약 을 받는 것과는 전혀 다른 존재인 것이다.

"계속해서 판게아로 돌아가겠다고 이곳저곳을 헤집고 다니는 중이죠."

"그야 전부터 그랬잖아."

"그런데 이번에는 방법을 바꾼 모양이에요."

"방법을 바꾸다니?"

"이전까지는 혼자서 어떻게든 판게아로 들어가는 길을 찾겠다는 거였는데, 이젠 판게아로 가는 통로를 알고 있는 이들이 지구의 길드들 중에 있지 않을까 하는 생각에 여기저기를 들쑤시고 있다고 하네요. 그 때문에 여러 길드들이 곤란한 모양이에요."

"또 우리한테 뭔가 해달라고 해?"

진강현의 눈썹 한쪽이 슬쩍 올라갔다.

진강현은 그들 부부에게 도움을 요청하는 것에 대해서 강한 거부감을 가지고 있었다.

천공기사 1호와 2호로 볼 수 있는 그들 부부는 지구의 변화에 큰 역할을 했다. 아니, 정확하게는 에테르 기반 생명체들로부터 지구를 지키는 데에 큰 공을 세웠다고 할 것이다.

애초에 우주의 시스템이 지구에서 천공기사를 만들어 낸 이유가 지구인 스스로 에테르 기반 생명체의 침입으로부터 스스로를 지키게 하기 위함이었다.

지금까지도 그런 사실을 알고 있는 이들은 많지 않지만, 어쨌건 진강현이 지구를 지키는데 큰 역할을 한 것은 분명했다.

그런데 막상 진강현이나 공아현이 받는 대우는 그에 걸맞은 것이 아니었다.

그러니 진강현이 지구의 위기니, 인류를 위한 일이니 하면서 뭔가를 요구하는 손길들이 달가울 리가 없었다.

"뭐 별 내용은 아니죠. 올토아낙의 횡포를 좀 막아 달라는 그런 거예요."

"웃기는 놈들이군. 올토아낙이 지들을 죽이기라도 하나? 기껏 그런 정도로 뭘 도와달라고 징징거려?"

강현은 아현의 말에도 별로 도와줄 생각이 없다는 듯이 빈정거렸다.

"그렇긴 하죠. 올토아낙이 힘을 써도 누굴 죽이거나 하지는 않으니까요. 건물이나 물건을 좀 때려 부수긴 하지만."

그런데 그건 공아현도 남편의 태도에 별로 불만이 없다는 듯이 맞장구를 쳤다.

그녀 역시 여러 단체들의 빗발치는 요구가 달갑지 않은 것이다.

"재한이는 미래 길드를 꽤나 먼 이면공간으로 옮긴 모양이던데?"

강현이 이번에는 자기 스스로 화제를 고재한과 미래 길드로 돌렸다.

"대부분 모두 옮긴 모양이에요. 거대 마법진이 작동해도 지구와 가까운 이면공간들에만 문제가 생긴다고 했으니까 몇 단계 거치는 곳으로 옮겨서 가족들을 보호하겠다는 거죠."

"그걸 말리기도 어렵긴 하지. 그래도 여전히 이쪽에서 활동하는 길드원들이 많으니까 그 정도는 봐 줘야지."

"당연하죠. 가족들의 안전을 보장받는 대신에 그들이 목숨 걸고 아직도 이쪽에서 활동을 하는 거잖아요."

공아현은 미래 길드의 길드원들이 아직까지 지구에서 활발한 활동을 하는 것을 대견하게 여기고 있었다.

언제 고철한의 거대 마법진이 작동해서 지구에 문제가 생길지 모르는 상황인데, 이쪽에 머물고 있는 것은 충분히 칭찬할 일이라 생각했다.

"그들이 없었으면 돌연변이 마법진이 벌써 수십 배는 널리 퍼져 있을 테지. 확실히 고생들 하고 있긴 해."

진강현은 그렇게 말을 하고는 잠깐 말을 끊었다가 다시 얼굴 표정이 어두워졌다.

"아이 참, 당신, 또 그래요? 도련님 생각 좀 그만하라니까요?"

공아현이 그런 진강현의 모습에 토라진 듯한 목소리로 말했다.

"이거 섭섭한데요? 형수님."

그런데 바로 그 순간, 둘만이 있는 공간에서 세현의 목소리가 들렸다.

그리고 공아현과 진강현은 거실 한쪽에 모습을 나타낸 세현과 진미선을 발견했다.

"어머나, 어떻게 된 거예요? 전혀 느끼지도 못했는데요?"

공아현이 깜짝 놀라는 표정으로 세현을 보며 물었다.

공아현은 초인의 경지에 있지만 그 수준은 무척 높은 편이었다.

에테르 기반 생명체의 신체 일부를 가지고 있었던 공아현은 초인이 되기 전부터 초인처럼 에테르를 사용했던 사람이었다.

그래서 초인의 경지에 오른 후에는 그 성장이 무척 빨랐고, 때문에 지구 출신의 초인이랄 수 있는 네 사람 중에서 가장 실력이 뛰어났었다.

그런데 지금은 세현과 진미선의 등장을 알아차리지도 못했으니 깜짝 놀랄 수밖에 없었다.

"어느 정도 수련 성과가 있었습니다. 저쪽 평행차원에서 제법 굴렀거든요. 하하하."

세현은 그렇게 말을 하면서 웃었다.

"이 녀석!"

그리고 그런 세현을 향해서 진강현이 달려들었다.

"어이구, 형! 이건 환영이 좀 격한데? 하하. 만나서 반가워."

"나도 반갑다 자식아. 난 또 일이 잘못되지나 않았는지 얼마나 걱정했다고!"

"쯧, 형. 괜찮아. 봐봐. 무사히 돌아왔잖아."

세현은 강한 포옹으로 자신을 반겨주는 형의 모습에 가슴이 벅차오르는 것을 느끼며 형을 마주 안아주었다.

"그나저나 도련님에게 뭔가 있긴 있었던 모양이네? 지금 보니까 우리 후손은 그렇게 큰 성장이 있었던 것은 아닌 것 같고… 어떻게 된 걸까?"

공아현은 형제의 상봉에서 살짝 멀어져서 진미선에 관심을 보였다.

"네에, 조상님. 그게 그러니까……."

진미선은 공아현에게 손목을 잡힌 상태로 소파로 끌려가 그동안 있었던 일을 이야기하기 시작했다.

## 범인은 돌연변이 에테르 코어였다

"그쪽에서 시간이 그렇게 흘렀다고요?"

진강현은 세현과 나란히 앉아서 진미선의 이야기를 듣기 시작하고 얼마 되지도 않아서 깜짝 놀라며 물었다.

"네, 10년 조금 더 걸렸어요. 원래는 그곳에 도착하자마자 천공 필드로 잠입해서 좌표를 얻고 곧바로 탈출하는 계획이었는데……."

"그런데 막상 도착을 하니까 시간이 어긋나 있었다는 거네?"

"네, 공아현 조상님. 그래서 결국 천공 필드로 잠입하는데 시간이 오래 걸릴 수밖에 없었어요. 제가 사용할 수 있는 기반이 전혀 없었거든요."

진미선이 조금 의기소침한 모습으로 공아현에게 대답했다.

원래 세현을 이끌어서 천공 필드로 데리고 갔다가 데리고 나오는 것이 그녀의 임무였고, 충분히 자신이 있다고 했던 일이었다.

그런데 막상 평행 차원을 넘어서자 그녀가 세현에게 도움을 줄 수 있는 게 거의 없었다.

그 때문에 공아현이나 진강현 앞에서 주눅이 들어 있었다.

"뭐, 어쨌거나 그래서 결국은 그쪽 천공 필드를 박살 내고 왔다는 거 아냐?"

하지만 공아현은 그런 진미선의 태도에는 신경을 쓰지 않았다.

"네, 저희가 도착했을 때, 그쪽은 여기 시간으로 700년 정도가 지난 시기였어요. 그러니까 제가 떠났던 때에서도 400년이나 흐른 때였던 거죠."

"아니, 그게 왜 그렇게 되었던 건데? 시스템의 도움을 받아서 평행 차원을 넘었던 거 아닌가? 그런데 시간을 그따위로 만드는 경우가 어디에 있어?!"

진강현이 그동안 진미선에게 쓰던 공대를 포기하고 목소리를 높였다.

"그 이유는 모르겠지만 시스템이 우리들 개개인의 편의까지 봐 줄 생각이 없었거나 아니면……."

"나를 이용한 거야. 날 이용해서 그쪽 천공 필드를 박살 내려고 한 거지."

진미선의 말을 세현이 중간에 끊고 들어왔다.

"뭐? 너를 이용해서?"

"중간 과정 따위는 생각할 필요도 없잖아. 결과가 그렇게 나왔으니까 말이야. 내가 그곳에 가서 고철한과 한바탕하고, 결국 천공 필드를 박살 냈어. 그럼 결국 시스템이 의도한 것이 그거였다고 봐야겠지. 우리가 시스템이라고 부르긴 하지만 그건 우주 전체를 아우르는 질서라고 봐야 하니까. 날 벌레잡이 용도로 쓴 거지."

"고철한이 벌레고, 너는 그걸 잡는 벌레잡이?"

진강현이 어이가 없다는 듯이 되물었다.

"맞아. 여러 차원 중에서 우리가 속해 있는 차원에 벌레가 하나 생긴 거지. 그게 크라딧이야. 아니, 정확하게는 에테르 코어의 돌연변이라고 봐야겠지."

"에테르 코어의 돌연변이라니?"

"도련님, 그게 무슨 소리예요? 에테르 코어의 돌연변이?"

"야, 뭔 말이야?"

진강현과 공아현 거기에 고재한도 세현의 말을 재촉했다.

"원래 에테르 코어가 행성을 침략할 때, 에고를 지닌 에테르 코어가 은밀하게 그 행성의 코어와 접촉해서 잠식을 시작해. 그게 기본적인 방법이야."

세현이 말했다.

"그래, 그거야 알지."

"그리고 그런 침략에서 다른 에테르 코어가 도움을 주는 것은 금지되어 있어. 사실상 그건 시스템이 허락한 행성의 시련이라고 봐야 해. 시련을 통해서 그 행성에 존재하는 영혼들을 단련시키려는 목적이지. 그래서 에테르 코어가 이 우주에 여전히 존재하는 거야."

"좋아. 그렇다고 치지. 그래서?"

진강현이 세현의 말을 받았다.

"그런데 지구를 공격한 에테르 코어에 문제가 생겼어."

"음? 그게 무슨 소리야? 그러니까 지구의 행성 코어인 가이아를 공격한 에테르 코어가 뭔가 했다는 거야?"

"그래. 재한이, 네 말대로야. 최초에 가이아와 접촉한 에테르 코어는 시스템이 허락한 방법으로 가이아와 하나가 되어서 조금씩 그 권능을 잠식하고 있었지. 그런데 그때 문제가 생겼어."

세현은 그렇게 말을 하고는 진미선을 쳐다봤다.

"에? 저요? …네. 그러니까 우리 지구의 행성 코어인 가이아는 다른 행성의 코어보다 조금 더 격이 높은 행성 코어였어요. 아니, 격이 높다기보다는 조금 더 근원에 가까운 코어라고 할까요? 그래서 에테르 코어가 그 가이아의 권능을 잠식했을 때, 문제가 생겼어요. 가이아나 가이아와 하나가 된 에테르 코어가 지구 밖에서 에테르 코어의 카피본을 만든 거죠."

"에테르 코어의 카피본이라니? 그러니까 가이아를 침범한 그 에테르 코어의 카피본?"

"네, 맞아요. 공아현 조상님. 하지만 그렇게 복제가 된 에테르 코어는 완전하지 않았어요. 그게 더 문제였죠."

"맞아, 그게 문제였어. 완전하지 않았기 때문에 시스템이 그것을 방치했지. 별로 대수롭게 않게 여기고 놓친 거야. 그렇게 보면 시스템이란 것도 허점이 많아."

세현이 다시 진미선의 말을 받았다.

"뭔가 부족한 것이 있어서 방치한 에테르 코어가 결국 문제를 일으켰다는 소리구나?"

진강현이 세현을 보며 물었다.

"맞아, 그거지. 어느 정도 에고를 지니고 있었던 그 코어는 자신의 부족한 부분을 채우기 위해서 다른 것을 흡수하는 방법을 썼어. 그러니까 생명체를 흡수해서 부족한 부분을 채우기로 한 거지."

"그런데 그 부족한 부분이란 것이 에테르 코어의 본체 이외에도 있었어요. 그나마 잘 만들어진 에테르 코어의 가짜 영혼에도 빈틈이 많았던 거죠."

"그걸 놈은 지구의 생명체들을 흡수하면서 어떻게든 메워 보려고 했어. 영혼의 빈틈을 다른 영혼들에서 잘라낸 조각으로 이어 붙이려 했던 거지."

"그 시도는 어느 정도 성공했어요. 아시죠? 블랙 크라딧이 화이트 크라딧이 되는 것도 그와 유사한 과정을 거쳐서 이루어진다는 것을요."

세현과 진미선이 번갈아가며 문제의 에테르 코어에 대해서 설명했다.

"그러다가 결국 그놈은 깨닫게 되었어. 가장 쓸모가 있는 영혼이 인간들의 것이란 사실을 말이야. 그리고 그중에서도 자신의 빈자리를 충실하게 메워줄 수 있는 영혼이 있고, 그렇지 못한 영혼이 있다는 사실도 알게 되었지."

"그래서 고철한이 선택되었어요. 수많은 실험 끝에 그 코어는 고철한을 크라딧으로 만들면서 조금만 손을 보면 그 영혼이 자신의 빈틈을 완벽하게 메워줄 거란 계산을 해낸 거죠."

"그런데 그때가 마침 형이 천공기사가 된 후에 천공 길드를 크게 키우고 있을 때였어. 그래서 놈은 접근이 쉬웠던 형에게 돌연변이 마법진의 자료를 넘긴 거지. 우연을 가장해서 형의 눈에 띄게 만들었어. 물론 그게 몇 번의 시도 끝에 형이 발견하게 되었는지는 나도 몰라. 한두 번은 아니었던 것 같아."

"호호호. 700년이나 지났는데도 기억을 하고 있더라고요. 진강현 조상 할아버지께서 몇 번이나 눈앞에 있는 자료를 무시하고 지나갔다고 말이죠. 차라리 다른 천공기사에게 발견되게 할까 고민도 했는데, 그때 할아버지가 가장 인지도 높은 천공기사라서 될 수 있으면 할아버지가 발견하게 계획을 짠 거라더군요."

진미선이 그 에테르 코어와의 대화가 떠올랐는지 웃음 가득한 얼굴로 말했다.

그 웃음에는 진강현의 실수를 재미있어하는 기색이 역력했다.

"그런데 문제가 생겼던 거지. 형이 그걸 그대로 실험을 하고 그 덕분에 고철한이 돌연변이가 되었으면 좋았는데, 형이 그걸 방해했거든."

"맞아요. 꽤나 시간이 지체되었죠. 조상님께서 그 자료를 폐기하고 숨어 버려서요."

"그래서 차선이 고철한과 직접 소통해서 하나가 되는 거였어. 고철한은 자신의 야망을 이뤄줄 에테르 코어를 마다하지 않았지. 둘이 하나가 된다고 해도 자신의 정체성이 사라지는 것이 아니라고 믿었기 때문에 서로 돕기로 한 거지."

"그렇게 크라딧을 만드는 배반의 크리스마스 실험이 이루어졌어요. 거기다가 초기보다 규모가 훨씬 커진 계획이었죠. 크라딧 필드 열세 개가 만들어지고, 그것들을 서로 엮어서 하나의 거대한 마법진으로 만드는 것은 고철한이 그 에테르 코어와 협력하면서 새로 만들어진 계획이었어요."

"그렇지. 그렇게 지구까지 삼켜 버리려는 계획이 만들어진 것은 모두가 고철한 때문이지. 돌연변이 에테르 코어가 원하는 것은 영혼의 완성과 성장이었지만 고철한이 원하는 것은 지배와 군림이었으니까."

"그래도 그 둘을 모두 성공하긴 했죠. 우리 고향에서는요. 뭐 이번에 세현이 가서 박살을 내긴 했지만요."

"야, 그러면 이쪽 천공 필드도 문제없는 거냐? 그쪽을 박살 내고 왔다면서?"

고재한이 세현을 보며 밝은 표정으로 물었다.

"미안하지만 힘만 놓고 따지면 나는 그 에테르 코어를 당할 수가 없어."

"야, 너 지금 무척 성장한 거 아니었어? 형수님도 널 가늠할
수 없다고 했고, 너도 수련 성과가 있다고 아까 그랬잖아. 거기
다가 천공 필드 박살 내고 왔다며?"

재한이 자신 없어 하는 세현의 모습에 눈을 똥그랗게 뜨며
물었다.

"맞아. 내가 이전보다 좀 더 성장을 한 것도 맞고, 저쪽에서
천공 필드를 정리하고 온 것도 맞아. 하지만 그걸 여기서 그래
도 할 수 있다곤 못하지. 자그마치 700년이 흐른 후의 세상에서
벌인 일이니까."

하지만 세현은 재한의 호들갑에도 태연자약하게 대답했다.

"그래도 뭔가 수는 있겠지?"

이번에는 진강현이 물었다.

"지금 고철한과 함께 있는 에테르 코어는 엄청난 녀석이야
형. 그 힘이 보통의 에테르 코어와는 많이 다르지. 더구나 다른
에테르 코어는 자신의 권속들의 힘만 쓸 수 있는데 이 녀석은
스스로 에테르를 사역할 수 있어."

"음? 다른 에테르 코어는 그걸 못하나?"

"그래. 못해. 아마 방해가 없다면 재한이, 너라도 혼자서 에테
르 코어를 어떻게 할 수 있을 걸? 그 스스로는 머리일 뿐 손발
이 아냐. 에테르 코어는 그런 존재지."

"그런데 천공 필드에 있는 녀석은 그게 아니란 거냐?"

"맞아, 형. 녀석에겐 거대 마법진이 있어. 거기다가 그걸 천공 필드에도 적용을 시켰지. 천공 필드는 하나의 거대한 구조물로 바뀌어 있는데, 실제로 그 구조물 전체가 에테르 코어의 몸이라고 볼 수 있어."

"도련님 말씀대로라면 필드 자체가 코어의 몸이라는 건가요?"

"거기다가 백팔 이면공간이라는 두툼한 갑옷도 입고 있는 녀석인 거죠."

세현이 공아현의 물음에 보충 설명을 했다.

"야, 그래서 어쩌란 건데? 그냥 뒈야 한다는 거야? 아니면 어떻게든 공략을 하겠다는 거야?"

재한이 참기 어렵다는 듯이 머리를 북북 긁으며 세현을 보고 물었다.

"뭐, 아직은 거대 마법진이 발동을 하기 전이니까 방법이 전혀 없는 것은 아니야. 차라리 지금이 조금 더 나을지도 모르지."

그런 재한에게 세현이 희망적인 이야기를 던져 주었다.

"음? 역시 그런 거지? 그놈이 에테르 코어와 하나가 된 것도 아니고, 거대 마법진을 발동시킨 것도 아니니까 방법이 있는 거지?"

재한이 세현의 말에 반색을 하며 물었다.

"힘으로 부딪히면 방법이 없어. 내가 아닌 누구라도 어렵지.

아무리 초인이라도 행성 단위의 힘을 사용하진 못하니까 말이야. 행성 파괴 같은 힘은 이곳 차원의 존재에겐 허락된 힘이 아니야. 상위 차원의 존재들에게나 허락된 거지."

"맞아요. 그래서 이 차원에 허락된 최고의 힘을 지닌 세현이라고 해도 한계가 있어요. 차라리 에테르 코어나 행성 코어 쪽에 허용된 최대 파워가 더 큰 거죠."

"그래서 남은 방법은 내 힘과 놈의 힘을 더해서 쓰는 거야. 원래는 어려운 일이지만 지금은 고철한이나 그 에테르 코어나 자신들이 모은 힘을 제대로 컨트롤하기 어려운 때니까 방법이 있을 거란 거지."

"그, 뭔가 꽤나 위험하게 들리는 말인데? 마치 너 죽고 나 죽자, 뭐 이런 분위기잖아."

세현의 말에 진강현이 얼굴 표정이 굳어지며 말했다.

"어쩔 수 없잖아. 내가 가진 힘으로 안 되면 함께 죽자고 할 수밖에. 도리가 있어?"

세현은 그렇게 말을 하고는 강현을 쳐다봤다.

"야! 그게 왜! 전에도 말했지? 우리가 그런 일을 해야 할 이유가 없다고! 내버려 둬! 방관한다고 어쩔 거야? 저 후손의 세상도 결국 멸망하지 않고 700년은 더 갔다면서? 그럼 우리도 그렇게 되겠지. 그리고 그때면 우리도 대부분 죽고 없을 거고!"

하지만 진강현은 세현의 말에 고래고래 고함을 지르며 세현의 말에 반대하고 나섰다.

공아현은 그런 강현을 보며 고개를 저었다.

언제부턴가 진강현은 주변의 몇몇 이외에는 관심을 두지 않으려는 성향을 보이고 있었다.

### 천공 필드를 걷다

스화화홧!

천공 필드의 외곽.

거대한 탑의 제일 아래층 구석에 강력한 에테르 파동이 일어나며 다섯 사람의 모습이 나타났다.

세현과 강현, 공아현, 진미선 그리고 올토아낙이었다.

"그놈에게 들키지 않을 거란 게 정말이냐?"

길게 이어진 복도의 끝에 모습을 드러낸 다섯 중에서 진강현이 세현을 보며 물었다.

복도는 천장과 벽의 윗부분 일부가 은은하게 빛이 나고 있어서 어둡지는 않았지만 오가는 사람들의 모습은 하나도 보이지 않았다.

"걱정 없어. 이쪽으로 도착할 때 발생하는 에테르를 내부에서 반응시켜서 소모하고 도착과 동시에 출발 지역으로 방출을 하기 때문에 조금만 떨어져도 에테르의 움직임을 느낄 수 없으니까. '팥쥐'가 신경 써서 만들어낸 거야."

세현은 그렇게 말을 하며 왼쪽 손을 들어 보였다.

그 왼쪽 손목에는 이전과 달리 황금색으로 바뀐 천공기 문양이 드러나 있었다.

원하면 언제든 밖으로 내보일 수 있는 천공기 문신을 모두가 볼 수 있도록 드러낸 것이다.

"황금색 천공기 문양이라니. 보면 볼수록 신기하다니까. 뭔가 색다른 기운이 느껴지기도 하고 말이지."

올토아낙은 세현이 드러낸 천공기 문양을 홀린 듯이 바라봤다.

다른 사람들도 세현의 천공기 문양에서 에테르와는 다른 기운을 느끼지만, 그러려니 하고 마는데, 그에 비해 올토아낙은 특별히 그 기운에 매료당하곤 했다.

"아무튼 우리가 여기 도착한 것은 들키지 않았을 테니까 걱정은 하지 마. 대신에 여기서 각자 맡은 구역으로 이동해서 그곳을 장악하는 데에는 각별히 신경을 써야 해. 내가 알려준 방법으로 에테르를 은폐해서 그놈에게 들키지 않도록 하는 거 잊으면 안 돼."

세현은 그렇게 말을 하며 올토아낙에게 시선을 던졌다.

"왜? 내가 어쨌다고?"

"잘해. 쓸데없는 생각하지 말고. 이번 일만 끝나면 널 판게아로 보내줄 테니까. 알았어?"

"그래, 알았다. 걱정하지 마라. 약속은 지킬 테니까."

올토아낙은 세현의 걱정이 뭔지 알고 있다는 듯이 단단히 약속을 했다.

　세현은 그런 올토아낙에게서 시선을 돌려 형과 형수, 진미선을 한 번씩 쳐다봤다.

　"알고 있겠지만 이건 위험한 일입니다. 혹시라도 실패하게 된다면 뒤도 보지 말고 물러나야 합니다. 알겠죠?"

　세현은 긴장을 감추지 않았다.

　"알았다. 걱정하지 마라. 여기가 전장이란 것도 알고, 여기서 잘못되면 절대로 승산이 없다는 사실도 안다. 우리 모두가 끼어든다고 해서 답이 생기는 것도 아니지. 그걸 알고 있으니까 여차하면 곧바로 도망치마."

　강현이 세현을 보며 굳게 약속을 했다.

　이미 몇 번이나 강조한 문제였다.

　이곳 천공 필드에서 싸우게 되면 그때는 돌연변이 에테르 코어와 전면전을 벌여야 한다.

　그런데 이곳 천공 필드는 그 자체가 돌연변이 에테르 코어와 마찬가지여서 어떤 수를 써도 이길 확률이 별로 없었다.

　그러니 세현이 아무리 위험하다고 해도 다른 사람들이 달려가서 구하려 하면 안 된다.

　그건 세현을 구하는 것이 아니라 인질을 더 늘려서 세현을 더 위험하게 만드는 길일 뿐이다.

　이렇게 누누이 강조하고 또 강조했었다.

　"자, 그럼 각자 정해진 위치로 이동을 하죠. 나도 움직이고."

세현은 그렇게 말을 하고는 먼저 걸음을 옮기기 시작했다.

그리고 그 뒤를 다른 네 사람이 따라갔다.

그런데 그들 다섯 사람의 움직임이 시작되면서 이상한 현상이 일어났다.

다섯 모두의 모습이 조금씩 허공에 녹아들 듯 사라지기 시작한 것이다.

세현이 준비했다는 바로 그것이었다.

돌연변이 에테르 코어의 이목을 벗어나며 동시에 천공 필드에 거주하고 있는 크라딧들에게 들키지 않기 위해서 준비된 한 수, 에테르를 이용한 은신이었다.

세현이 평행차원으로 가서 어떻게든 천공 필드로 들어가기 위해 만들어 낸 기술로, 세현은 물론이고 '팥쥐'와 콩쥐까지 합세해서 개발한 것이었다.

에테르를 이용해서 공간의 이면과 현실 사이에 몸을 걸치는 수단.

때문에 에테르는 물론이고 기술을 사용하는 이의 모습까지도 사라지게 되는 기술이었다.

정확하게는 백 중 하나 정도는 현실에 존재를 두고 나머지는 공간의 이면으로 옮겨 놓고 있는 방법이었다.

물론 그런 때문에 움직임에 제한이 있어서 아주 느린 속도로만 움직일 수 있었다.

물론 기술을 능숙하게 사용하는 세현의 경우에는 평상시 산

책하는 정도의 속도는 낼 수 있었다.

하지만 이제 겨우 기술을 습득한 다른 넷은 평소 걸음의 반의 반도 안 되는 속도를 내면서도 바짝 긴장하며 기술이 깨어지지 않도록 애를 써야 했다.

[그럼, 저는 먼저 가겠습니다.]

세현은 점점 뒤처지는 일행들에게 그렇게 의지를 전달하고는 성큼성큼 앞서가기 시작했다.

그리고 얼마 지나지 않아서 복도의 모퉁이를 돌아서 일행의 시야에서 사라졌다.

같은 기술을 사용하기 때문에 같은 공간의 뒤를 오가는 일행들은 서로의 존재감을 확인할 수 있었지만 거리가 떨어지면서 세현의 존재감을 놓쳤다.

[으음… 별일 없어야 할 텐데.]

[걱정하지 말아요. 오히려 도련님이 아니라 우릴 걱정해야 한다고요.]

[맞아요. 조상 할아버지. 늦지 않게 각자의 위치를 잡아야 해요. 그래야 세현의 계획이 성공할 수 있어요.]

[…….]


세현은 서두르지 않았다.

그의 발걸음은 천공 필드의 제일 낮은 층에서부터 높은 곳으로 이어지고 있었지만 거대한 탑의 모양을 하고 있는 천공 필드는 첫 방문이었다.

평행차원의 천공 필드를 경험했지만 그곳은 지금 세현이 걷고 있는 천공 필드보다 수십 배는 더 큰 규모였다.

그나마 세현이 지금의 천공 필드로 공간 이동을 할 수 있었던 것도 그곳이 탑의 제일 아래층이고 처음 천공 필드가 만들어졌을 때의 바닥에 해당하는 곳이기 때문이었다.

천공 필드에서 유일하게 변화가 거의 없었던 곳.

처음 배반의 크리스마스 실험에서 칠천도가 바다와 함께 천공 필드가 되었을 때, 천공 필드의 대지가 되었던 일부는 700년이 지난 후까지도 변하지 않았다.

비록 그 위와 옆으로 거대한 탑이 끝도 없이 증축되었지만 중앙의 그 땅은 보존되었던 것이다.

그리고 그 덕분에 이쪽 세상에서 쓸 수 있는 좌표를 구할 수 있었던 것이었다.

만약 천공 필드 전체가 이전과 완전히 달라졌더라면 700년이 지난 후의 천공 필드에 들어갔던 세현은 절대 원하는 좌표를 얻지 못했을 터였다.

[음음. 거기나 여기나 같은 거 같아. 크라딧이라는 사람들 말이야.]

'그래? 내가 보기엔 좀 다른데?'

[응? 뭐가 달라? 내가 보기에도 같은데?]

[콩쥐 말이 맞아. 음음. 세현이 보기엔 뭐가 달라? 다 같은 크

라딧이잖아.]

세현의 오른쪽 어깨에 앉아 있는 '팥쥐'는 여전히 햄스터의 모습을 하고 있었지만 털의 색이 황금색으로 바뀌어 있었다.

그리고 왼쪽 어깨에는 '팥쥐'와 생긴 것은 같지만 털의 색이 은색인 콩쥐가 태연한 기색으로 앉아 있었다.

이전과 달리 이제는 콩쥐와 '팥쥐'가 나란히 세현의 어깨에 모습을 드러내고 자유롭게 의사 표현을 하고 있었다.

이전이라면 콩쥐는 절대로 밖으로 나오지 못했을 것이고 제 존재감도 드러내지 못했을 테지만, 평행차원에서의 10년이 셋의 관계를 많이 바꾸어 놓았다.

'저쪽에선 어퓨 크라딧들이 가지고 있던 절망감이나 좌절감이 무척 심했지. 그들도 자신들의 영혼이 소멸된다는 것을 알고 있었거든. 처음에는 죽음이 두려워서 크라딧이 되지만 결국 다시 크라딧으로 얻은 생명까지 소진한 후에는 영원한 소멸이 기다린다는 사실을 깨닫게 되고, 두려움에 빠지지.'

[음음. 맞아. 그건 그랬던 것 같아.]

[아, 그렇구나. 지금 보니까 다르긴 다르네. 여기 크라딧들은 조금 덜 어두워 보여. 맞아. 음음음.]

[너, 그거 하지 말랬지. 음음. 그거 언니 거라고!]

[언니, 너무해. 이건 습관 같은 거잖아. 음음. 언니한테 항상 들어서 어쩔 수가 없단 말이야. 조심해도 불쑥 나오는 걸!]

[이게, 좀 컸다고 반항이야? 너, 혼나! 음음음!!]

[힝! 미워!]

세현은 양쪽 어깨에서 말다툼을 벌이는 콩쥐와 '팥쥐'의 목소리를 들으며 설핏 미소를 지었다.

그들 둘이 없었다면 평행차원에서의 10년을 버티지 못했을 것이다. 더구나 세현이 지금과 같은 경지에 오를 수 있었던 것도 모두가 그 둘의 도움이 있었기 때문이었다.

서로의 영혼을 보듬어 살피며 또 연구했던 시간들이 셋의 성장을 이끌었다.

말로 설명할 수 없는 영혼의 교류가 셋 사이에 일어났을 때, 세현과 '팥쥐', 콩쥐는 한 단계 격이 높아졌던 것이다.

'저들도 때가 되면 알겠지. 죽음보다 더 두려운 것이 그들을 기다리고 있다는 것을 말이야.'

[불쌍해! 음음.]

[맞아, 맞아.]

'하지만 지금은 아무리 그것에 대해서 떠들어봐야 소용이 없을 거야. 저쪽에서도 400년 정도 흐른 후에야 본격적으로 크라딧들의 절망이 문제가 되기 시작했으니까.'

[음. 그래서 크라딧이 되는 이들의 수가 많이 줄었잖아. 그 400년 후로는. 덕분에 천공 필드도 조금씩 퇴보를 하게 되었고.]

[그래도 역시 강하지. 그 고철한은.]

[맞아. 콩쥐 말대로 강했지. 돌연변이 코어와 하나가 된 고철

한은 특별한 존재가 되어 있었으니까.]

'거기다가 크라딧들의 영혼 훼손을 고칠 수 있는 방법도 어
느 정도 찾았었지. 물론 그렇다고 영혼의 수련까지 가능해지는
것은 아니었지만 에테르 기반 생명체들이 가지고 있는 영혼처
럼 상태 유지는 가능할 정도로 영혼 훼손을 보완할 방법을 거
의 찾아 놓았잖아. 어찌 보면 대단한 사람이지.'

[그야 그렇지만 못된 놈인 건 분명해. 너무 많은 희생을 만들
었어. 음음.]

[맞아. 맞아. 실험을 한다고 얼마나 많은 이면공간이 소멸을
당했는지 셀 수도 없어. 그놈, 나빠.]

콩쥐와 '팥쥐'는 한뜻으로 평행 차원에서 만났던 고철한을 성
토했다.

'그래, 맞는 말이지. 개인으로 대단하다는 평가가 꼭 긍정적
인 평가는 아니지. 나도 그가 어긋나 있는 존재라는 건 동의해.'

세현은 그렇게 콩쥐와 '팥쥐'의 말을 받아주었다.

그렇게 세현이 탑의 최상층을 향해 가다가 드디어 끝이 얼마
남지 않았다고 여길 즈음에 탑의 모든 통로가 하나로 모이는
공동에 도착했다.

넓은 공동은 수십 개의 입구를 가지고 있었고, 그 공동의 중
앙에는 상층으로 올라가는 단 하나의 계단이 있었다.

[저길 가면 만날 수 있는 거야? 음음. 드디어 봐?]

[돌연변이 코어랑 하나가 되지 않은 고철한은 궁금해. 어떨

까? 역시 못된 놈일까?]

세현은 콩쥐와 '팥쥐'가 약간 흥분한 느낌을 전해 받으며 계단을 향해서 걸음을 옮겼다.

그런데 그 계단의 입구에는 두 명의 크라딧이 서 있었다.

[흑면, 백면이야. 이때도 있었어?]

[신기해. 저쪽에도 있었는데? 700년이나 살았어?]

'팥쥐'와 콩쥐의 말대로 그들은 흑면, 백면이라 부르는 이들이었다.

꼭 같은 얼굴을 지닌 일란성 쌍둥이임에도 얼굴의 색이 백색과 흑색으로 극단적인 차이가 있는 이들이었다.

세현은 그들과 몇 걸음 떨어지지 않은 곳에서 한참 그들을 살폈다.

계단의 입구 양쪽에 우두커니 서 있는 그들은 제법 시간이 지나도록 눈동자 하나 움직이지 않았다.

'역시, 그랬군.'

세현은 한참 그들을 쳐다보다가 고개를 끄덕였다.

[뭐가? 응? 세현, 뭐가 그런 건데? 음음?]

'팥쥐'가 짧은 팔로 세현의 턱을 툭툭 건드리며 물었다.

'저것들은 폴리몬이야. 그래서 그렇게 오래 살 수가 있었던 거지. 어쩐지 이상하다고 생각했어. 크라딧 중에서 200년의 수명을 넘어서 몇 년, 혹은 몇 십 년을 더 살았다고 하는 이들이 있었던 건, 그들이 폴리몬이었기 때문이었어. 그런 식으로 크라

덧들에게 희망을 줬던 거지.'

세현은 그동안 간직했던 의문이 풀렸지만 기분이 좋지 않은 지 인상을 썼다.

'고철한은 결국 끝까지 속임수로 제자리를 유지하려 했었군.'

세현은 살짝 고개를 흔들며 계단을 향해 걷기 시작했다.

Chapter 5

고철한과 에고 코어를 만나다

세현은 은신 상태에서 흑백면의 사이를 지나서 계단을 올랐
다.

세현이 그들 사이를 지나가는 동안에도 흑백면은 아무것도
느끼지 못한 듯이 미동도 없이 제자리에 서 있기만 했다.

[음. 그냥 두고 가는 거야?]

[맞아. 못된 녀석들이야. 저것들 때문에 고생했었어.]

'팥쥐'와 콩쥐가 세현에게 흑백면을 처치하는 것이 어떠냐는
의사를 표시했다.

하지만 세현은 고개를 흔들었다.

'이제 곧 고철한이나 돌연변이 에고 코어를 만나게 될 텐데,

그전에 저런 잔챙이 때문에 신경을 쓰고 싶지 않아. 어차피 여기서 사고를 치거나 올라가서 모습을 드러내거나 별 차이는 없겠지만 그래도 손에 피를 묻힌 상태로 인사를 할 수는 없잖아.'

[음음. 맞아. 싸워야 한다면 어쩔 수 없는 거지만 그전에는 대화로 풀어야 하니까 저것들을 죽이는 건 곤란하겠다. 음음음.]

[아, 그런 거구나. 에헤헤. 맞아, 맞아.]

'팥쥐'와 콩쥐도 세현의 뜻을 이해하고는 순순히 받아들였다.

그러는 사이 세현은 나선형으로 꼬여 있는 계단을 따라서 천공 필드의 최상층에 발을 디디고 있었다.

우우우우우우웅. 우우우웅.

천공 필드의 최상층에는 밀도 높은 에테르가 가득 차서 무시무시한 기운을 풍기고 있었다.

일반인들은 느낄 수 없겠지만 에테르에 민감한 이들이라면 눈앞에 해일이 밀어닥치고 있는 듯한 느낌을 주는 에테르였다.

세현 역시 해일 앞에 서 있는 느낌을 받았다.

하지만 세현은 그 해일을 가볍게 흘려보낼 수 있는 능력이 있었기에 기세에 압도당하지 않았다.

그저 높은 하늘에서 거대한 해일을 발밑으로 바라보는 듯한 느낌으로 최상층의 공간을 훑어보았다.

원뿔을 형상화한 것 같은 묘한 구조물.

그 위에 구조물과 하나가 된 의자가 있고, 그 의자의 등받이에 붉은색의 코어가 있었다.

그리고 그 의자에는 고철한이 예복(禮服)으로 보이는 회색의 롱코트를 입고 다리를 꼰 상태로 앉아 있었다.

의자의 팔걸이 부분에 팔꿈치를 대고 약간 기우뚱하게 몸을 기울여서 오른쪽 주먹에 머리를 기댄 고철한은 눈을 지그시 감고 있는 상태였다.

저벅 저벅 저벅!

세현이 걸음을 옮기기 시작했다.

그는 이미 몸을 감추는 것을 그만둔 상태였다.

우우우우우웅! 우우우우웅! 우우우웅!

최상층의 에테르가 요동을 치기 시작했다.

그 순간 고철한이 눈을 떠서 세현을 바라봤다.

"놀라운 일이군. 이곳까지 어떻게 들어왔지?"

고철한은 정말로 이해할 수 없다는 표정으로 세현을 바라봤다. 하지만 그것은 일어날 수 없는 일이 일어난 것에 대한 호기심의 표현이지 다급함이나 위기감을 느낀 표정으로 아니었다.

저벅 저벅 저벅!

"오랜만에 본다고 하기엔 이쪽도, 저쪽도 어울리지 않는 말이네. 내가 어렸을 때, 형과 함께 본 적이 있지만 그 만남은 의미가 없었던 것이고, 또 다른 만남은 아주 먼 미래의 일이니 말이야."

세현은 느리지도 빠르지도 않은 걸음으로 계속해서 원뿔 형태의 구조물을 향해 걸으며 말했다.

"형과 함께? 하긴 지금 이곳에 올 수 있는 이가 있다면 너뿐이겠구나. 진세현, 한동안 실종 상태라고 하더니 이렇게 나를 놀라게 하려고 숨어 있었나?"

고철한도 세현이 다가오거나 말거나 신경도 쓰지 않는다는 듯이 세현의 말을 받았다.

"워낙 꽁꽁 숨어 있으니 여기까지 오는 것이 쉽지는 않았지."

"그렇게 왔으면 기습이라도 해야 하는 거 아니었나? 설마하니 나를 이길 수 있을 거라고 생각하고 그렇게 모습을 드러낸 건가? 하하하. 초인이 되었다고 해서 이곳에서 나를 어쩔 수 있을 거라고 생각했단 건가? 하하하하! 하긴 하룻강아지가 뭘 알겠나. 크하하핫! 밖에서야 어떨지 몰라도 이곳에선 누구도 내 상대가 될 수 없다는 것을 몰랐던 모양이군. 이 천공탑에서 나는 절대자란 사실을 몰랐다니 네 운이 여기까지인 모양이구나."

고철한은 무척 유쾌한 듯이 웃음을 터뜨렸다.

그는 세현이 어떻게 이곳까지 왔는지 알지 못했다.

하지만 그와 그의 동료인 코어의 능력이면 이 천공탑 안에서 어떤 초인이라도 제압할 자신이 있었다.

"믿기지 않겠지만 아마도 내가 너에 대해선 더 많이 알고 있을 거야. 적어도 지금부터 네가 저기 있는 돌연변이 에고 코어와 어떤 일을 벌이고, 또 어떻게 일이 진행될지에 대해선 말이야."

"마치 미래를 안다는 듯이 말하는구나."

"맞아. 네가 어떻게 생각할지 모르지만, 나는 너의 미래를 보고 왔으니까."

"헛소리!"

[우-우-웅, 우-우-우-우-웅, 우-우-웅!]

고철한이 세현의 말을 헛소리로 치부하는 순간 천공탑 최상층의 에테르가 진동을 일으켰다.

그와 동시에 돌연변이 에고 코어가 심상찮은 울림을 만들어 냈다.

"무슨 소리! 그게 가능할 리가 없잖아!"

[우-우-우웅, 우-우-우-우-웅웅웅, 웅웅웅!]

고철한은 세현의 말을 더 들어 봐야 한다는 코어의 권유에 발끈했다.

하지만 코어는 계속해서 고철한에게 세현과의 대화를 권했다.

"휴우, 좋아. 네놈이 여기 나타나서 지금까지 그렇게 있는 것을 보면 나와 뭔가 이야기를 하자는 것인데, 들어보자. 도대체 무슨 할 말이 있는지."

고철한은 결국 코어의 설득을 받아들이고 말았다.

성질 같아서는 눈앞에 있는 진세현이란 놈을 가루로 만들고 싶었지만 그의 협력자는 진세현과 꼭 대화를 해야 한다고 주장했다.

사실상 지금의 고철한이 있기까지 협력자의 역할은 절대적인 것이었다. 비록 지금까지 그 협력자가 고철한에게 강압적인 뭔가를 한 적은 없었지만 어떤 경우에도 고철한이 자신의 협력자를 거역할 수 없다는 것은 분명했다.

이번에도 협력자는 자신의 주장을 강하게 내세웠지만 그 결정은 고철한에게 맡겼다.

그럼에도 고철한은 협력자의 의견을 따랐다.

언제나 그랬듯이.

"크라딧의 영혼에 문제가 있다는 사실은 알고 있나?"

세현이 고철한에게 물었다.

"영혼의 문제라… 뭐, 숨길 것은 없겠지. 그래, 알고 있다. 200년이 지나면 영혼이 소멸된다는 그 말이 틀린 것은 아니지."

"그걸 해결하기 위해서 애를 쓰고 있겠지?"

"당연하지. 그리고 그 문제는 어렵지 않게 해결이 될 거다. 내가 곧……."

"미안하지만 고철한, 당신이 저기 저 에고 코어와 일체가 된다고 해도 그 문제는 해결이 되지 않아. 아, 고철한, 당신은 좀 더 다른 존재가 되면서 영혼의 소멸은 피할 수 있을 거야. 하지만 영혼의 소멸을 피한다 해서 완전한 영혼이 되어서 시스템의 인정을 받는 일은 일어나지 않지. 거기다가 다른 크라딧을 구할 방법은 찾지 못할 거야."

"무슨 헛소리냐! 그럴 리가 없다!"

고철한은 세현의 말에 버럭 고함을 질렀다.

일단 자신이 영혼의 소멸에서 벗어날 수 있다는 말은 그래도 들어줄 만한 소식이었다.

　하지만 자신 이외에 다른 크라딧을 구할 방법이 없다는 말을 믿을 수가 없었다.

　"내가 저주에서 벗어났다면 다른 이들 역시 그렇게 될 수 있어야 한다. 어차피 모자란 부분을 채워 넣는 일일 뿐이다. 내 영혼이 채워졌다면 다른 이들도……."

　"꼭 같은 것을 복제한다고 그것이 다른 이들의 영혼에도 맞을 거라고 생각하지 마라. 영혼은 그 하나하나가 독립적이며 무한한 변화를 품고 있는 것이다. 그것을 획일적으로 하나로 묶어서 보는 너희의 접근 방법으로는 절대로 크라딧들의 영혼 훼손을 해결하지 못한다."

　"말도 안 되는 소리!"

　고철한은 세현의 말을 단칼에 잘라 내듯이 부정했다.

　"너는 700년이 지나는 동안에도 해결책을 찾지 못했다."

　하지만 세현은 자신 있게 700년 동안 해결하지 못했다고 말했다.

　고철한은 그 말을 듣고는 어이가 없다는 표정으로 세현을 바라봤다.

　[우-우-웅웅, 우-웅-웅, 웅-웅-웅!]

　[정말로 700년 후를 아느냐고 물어. 저 에고 코어가.]

　그때, '끝쥐'가 세현에게 돌연변이 에고 코어의 뜻을 통역해

주었다.

"정말이다. 나는 지난 1년간 평행차원을 다녀왔다. 그리고 그곳에서 700년 후의 너희를 만났지. 아, 물론 그때는 너와 저 고철한이 하나가 되어 있는 상태였다."

[우웅우우웅, 웅웅, 우우웅!]

[그때의 자신은 어땠는지 묻는데? 음음.]

"너와 고철한은 하나였다. 하지만 그 긴 시간동안 주도적인 활동을 했던 것은 저 고철한이었다. 너는 저 고철한의 깊은 곳에서 오로지 영혼의 문제를 고민하는데 빠져 있었지."

세현은 자신이 아는 바를 그대로 전했다.

굳이 숨길 이유도 없는 이야기였다.

[우우웅, 우우우웅, 웅웅웅!]

[정말로 그때까지도 영혼의 문제를 해결하지 못했던 것이 사실이냐고 물어. 음음. 세현의 이름을 걸고 거짓 없는 답해 달래.]

세현은 '팥쥐'의 통역에 살짝 눈썹을 꿈틀거렸다.

그것은 코어가 자신에게 이름을 걸고 답을 하라는 말을 했기 때문이었다.

보통 사람들은 알지 못하지만 스스로의 이름을 걸고 이야기를 한다는 것은 존재 자체를 거는 것이나 다름이 없다.

물론 그것을 별 의미 없이 생각하는 이들에겐 사실상 별다른 가치가 없는 이야기다.

하지만 스스로의 존재감에 크게 느끼는 이들, 그만한 격을 지닌 이들에게 이름은 건다는 것, 존재 자체를 건다는 것은 큰 의미가 있었다.

코어는 세현이 그 정도로 스스로의 존재에 대한 깨달음을 가지고 있다는 것을 전제로 진실을 요구한 것이다.

다르게 말하면 코어가 지금 세현의 경지를 짐작하거나 혹은 정확하게 알아차리고 있다는 말과 같았다.

'저쪽에선 저 코어가 나서는 일이 없어서 일이 어렵지 않았는데, 여기선 아니군. 막상 직접 상대하려니까 힘들겠단 생각부터 드네. 쩝.'

세현은 속으로 혀를 차면서 입을 열었다.

"좋아. 그렇게 하지. 분명히 말하는데 너희는 지금부터 700년 정도가 지난 그 시점까지 영혼 훼손을 해결하지 못했다. 내 이름을 걸지."

세현은 당당하게 그렇게 말했지만 실상은 조금 달랐다.

적어도 그 해결의 실마리 정도는 찾은 상태였으니까.

물론 그 해결이란 것도 크라딧의 훼손된 영혼을 온전하게 되돌리는 것이 아니라 에테르 기반 생명체의 그것처럼 만드는 것이었을 뿐이지만.

[우웅웅웅웅. 우웅웅.]

[음음. 자기가 알고 싶은 것은 크라딧의 영혼이 아니라 자신의 영혼이라는데? 그러니까 자신이 고철한과 하나가 되었음에

도 700년 후까지 스스로를 완벽하게 만들지 못했느냐고.]

세현은 '팥쥐'의 말에 입을 다물고 조용히 돌연변이 에고 에테르 코어를 바라보았다.

"결국 그것이지? 너는 너의 문제에만 관심이 있을 뿐이다. 다른 것에는 일체 관심이 없었어. 크라딧, 인간, 지구, 에테르 기반 생명체. 그 어느 것에도 관심이 없지. 그저 오로지 너의 부족함을 채워서 온전해지려는 마음, 그것만이 있을 뿐."

세현은 어딘가 화가 난 표정으로 그렇게 말을 했고, 코어는 웅웅거리는 울림으로 답을 했다.

[웅, 우우웅, 우웅, 우우우웅웅.]

[음음. 당연하다는데? 그리고 일이 어떻게 되었건 인간이나 지구에 대한 문제에선 언제나 고철한이 선택을 하고 결정을 했지, 자신은 최소한의 개입만 했을 뿐이라는데?]

"맞는 말이다. 모든 일은 내가 결정했지. 그 결정을 행하는데 필요한 도움을 받은 적은 있어도 일을 계획하고 실행하는 모든 것은 내 손으로 했던 일이다. 내가 바로 천공 길드의 마스터 고철한이니까!"

고철한도 에고 코어의 의지를 알아들을 수 있었던 모양인지 드디어 입을 열었다.

"그래서? 당신이 뭘 했지? 겨우 그 자리에 앉아서 크라딧의 우두머리 노릇을 하기 위해서 그 많은 사람들을 죽음으로 몰고 지구 전체를 위험하게 했나? 당신이 무엇을 자랑스러워하는지 모르지만, 지금은 물론이고 700년 뒤까지 당신은 별 볼 일 없는 인간일 뿐이었다. 도대체 뭐가 그렇게 대단한 일을 했다고 스스로를 대견해하는지 모르겠군."

하지만 고철한에게 쏟아진 세현의 말은 차갑고 날카롭기만 했다.

거기에 더해서 세현은 고철한을 하찮게 보는 눈빛이 역력했다.

"가, 감히!"

고철한이 버럭 소리를 지르며 의자의 팔걸이를 내려쳤다.

고오오오오오오오오!

그러자 천공탑 최상층의 에테르가 요동을 치기 시작했다.


### 천공탑의 최상층에서


"해보자는 건가!"

콰과과과광!

하지만 천공탑 최상층에서 요동치기 시작한 에테르는 곧바로 세현이 쏟아 낸 에테르와 충돌하며 흐지부지 흩어졌다.

"크으으윽, 이게 어떻게?"

고철한은 세현이 자신의 에테르를 산산이 흩어놓자 깜짝 놀라서 두 주먹을 불끈 쥐었다.

노려보는 고재한의 눈빛이 사납기 짝이 없었다.

"상대의 능력도 가늠하지 못한다는 건가? 그래도 700년 후에 만났을 때에는 그 정도는 아니었는데?"

세현의 말에 고철한은 대꾸도 하지 못하고 눈빛만 거칠어졌다.

[우우웅. 우우우우웅. 웅웅.]

[원하는 것이 뭐냐고 물어. 음음. 여기에 싸우러 온 거냐고 묻고 있어.]

"아니, 나도 될 수 있으면 싸우지 않았으면 좋겠어. 서로에게 좋은 수가 있다면 그걸 선택해야지 않겠어?"

[우웅웅. 우우웅웅. 웅웅웅.]

[서로에게 좋은 게 뭘 말하는지 알고 싶다는데? 음음.]

"내가 알기로 너, 그러니까 우리가 부를 때, 돌연변이 에고 에테르 코어. 네가 원하는 것은 불완전한 너를 완전하게 만드는 거야. 그 최소한이 다른 에테르 코어 정도의 수준이겠지. 거기에 더 욕심을 낸다면 시스템, 우주의 질서에게 인정받는 영혼이 되고 싶은 걸 테고."

[웅웅웅웅! 웅웅웅웅!]

[방법이 있냐고 묻고 있어. 굉장히 감정이 격해진 것 같아. 음음.]

"말하지 않아도 흥분한 것 같아 보인다."

세현은 천공탑 전체를 아우르는 에테르가 전체적으로 꿈틀거리는 것을 느끼며 말했다.

"이, 이게 무슨 짓이야! 지금 무슨 소리를 하고 있는 거냔 말이다! 나를 빼놓고 둘이서 거래를 한다고? 그걸 그냥 두고 볼 것 같으냐?"

그때, 고철한이 다시 한 번 에테르를 끌어 모으며 고함을 질렀다.

그의 표정에는 당혹감이 가득 담겨 있었다.

"왜? 내가 코어와 거래를 하면 너는 낙동강 오리알이 될 것 같은 모양이지? 이제 조금씩 네 처지에 대한 자각이 생겨? 너는 처음부터 그런 위치였다. 저 코어가 마음먹기에 따라서 한순간에 나락에 떨어질 수 있는 그런 위치!"

"웃기지 마라! 우리의 계약은 동등하고 공평한 것이었다! 서로가 서로에게 해를 입힐 수는 없어!"

고철한이 세현의 말에 다시 한 번 버럭 고함을 질렀다.

"해를 입힐 수 없다는 거? 그거랑 저 코어가 계속 네게 힘을 실어줘야 한다는 것 사이에 무슨 연관 관계가 있지? 계약이 평등하다면 저 코어가 네게 힘을 주는 것도 주지 않는 것도 저 코어의 선택 아닌가?"

"말도 안 되는 소리!"

콰르르릉!

고철한이 팔걸이를 주먹으로 내려치며 소리를 지르자 최상층 내부의 에테르가 다시 한 번 날카롭게 세현을 향해 달려들었다.

화화화확!

"어? 아니, 이게 무슨?"

하지만 그 에테르는 세현에게 닿기도 전에 햇빛을 맞은 아침 안개처럼 흩어져버렸다.

에고 에테르 코어가 고철한의 공격을 무산시킨 것이다.

[웅웅. 웅웅웅웅. 우우우웅!]

"그게 무슨 말이냐! 내가 너의 일을 방해하다니? 저 녀석이 네게 그렇게 중요하다는 거냐?"

[웅우우우웅, 웅웅, 우우우웅, 웅웅웅.]

"말을 들어본다고? 우리 일을 사사건건 방해한 것이 바로 저 녀석이다! 저 녀석만 아니었다면 우리는 벌써 하나가 되었을 거란 말이다! 세 개의 크라딧 필드를 빼앗기고 네 개의 이면공간이 박살 났다. 그게 모두 저놈의 짓이란 말이다!"

[웅웅웅웅, 우우우우웅, 웅웅, 우우우웅!]

"그게 무슨 소리냐? 내 일이라니, 어째서 그것들이 모두 내 일이란 거냐?"

[웅웅웅웅. 웅웅웅.]

"그, 그 무슨?"

고철한이 에고 코어의 의지를 알아듣고는 넋이 나간 표정으로 힘없이 의자에 늘어졌다.

"뭐라고 한 거야?"

세현이 '팥쥐'에게 물었다.

"지배자가 되는 것은 자신의 바람이 아니라 고철한의 바람일 뿐이라고 했어. 음음. 자기가 바라는 것은 오로지 영혼의 완성이라고. 그러니 약속에 따라서 고철한이 자신의 일을 방해하지 않았으면 한다고 했어. 음음음."

세현은 의자에 늘어진 고철한을 측은한 눈빛으로 쳐다봤다.

고철한이 가진 모든 힘은 돌연변이 에고 에테르 코어에게서 나온다. 지금 이 천공탑의 주인이 고철한인 것처럼 보여도 코어의 허락이 없다면 고철한은 무엇도 할 수 없는 신세였다.

지금까지 코어는 딱히 고철한을 제약하지 않았다.

고철한이 어떤 짓을 한다고 해도 코어에게 손해가 될 일이 없었기 때문이다.

하지만 지금 이 순간, 세현이 등장해서 코어의 관심을 받게 되자 상황이 많이 바뀌었다.

코어가 세현에게 관심을 보이는 이상, 고철한은 세현에게 어떤 해도 끼칠 수 없는 상황이 된 것이다.

[웅-웅-웅-웅. 웅웅웅.]

[이야기를 해보라고 하는데? 서로에게 도움이 될 수 있는 문제. 그것에 대해서. 음음.]

[웅웅웅웅웅. 웅웅.]

[그러니까 자신이 영혼의 완성에만 관심이 있다는 것을 알고 있으면서 서로에게 좋은 뭔가를 제안한다면 음음, 그 영혼의 완성에 도움을 줄 수 있냐고 물어.]

세현은 '팥쥐'의 통역을 듣고 고개를 끄덕였다.

"당연하다. 아까도 이야기했지만 나는 너희의 700년 후를 알고 있다. 그리고 그때까지 너희가 별다른 성과를 거두지 못하고 있다는 사실도 알고 있지. 하지만 너희가 전혀 발전하지 못한 것은 아니다."

[웅웅웅웅웅! 웅우웅웅!]

고오오오오오오오!

세현의 말이 끝나기가 무섭게 에고 코어가 홍분하기 시작했다. 덕분에 천공탑 전체가 미세하게 떨며 울릴 정도로 에테르가 요동을 쳤다.

"진정해라. 나는 코어, 네가 700년 동안 어떤 성과를 얻었는지 알고 있고, 또 그 성과를 넘어서는 수준의 조언도 가지고 있다."

[웅 웅 웅 웅 웅웅!]

[알고 싶다고 해. 음음. 정말로 알고 싶다고. 세현이 알고 있는 그걸 원한데.]

"물론 나는 너와 거래를 하려는 마음이 있다. 하지만 너의 동반자는 별로 그럴 생각이 없어 보인다는 것이 문제다. 나는 네게는 괜찮은 제안을 가지고 왔지만, 저 고철한에겐 별로 달갑지 않은 제안을 가지고 왔다."

[웅웅우웅웅!]

[고철한에겐 어떤 제안이 있는 거냐고 물어.]

"달갑지 않은 제안이라고? 크흐흐흐… 제안이라… 그래, 뭐지? 나에게 원하는 것은?"

고철한도 세현의 말을 듣고 있었기에 곧바로 반응을 보였다.

그는 그의 동반자인 에고 코어가 자신의 편에 서지 않은 것에 큰 충격을 받은 상태였다. 하지만 그렇다고 지금 상황에서 모든 것을 세현과 에고 코어에게 맡겨두고 결말을 기다릴 생각은 없었다.

뭐가 되었건 무게의 균형추를 바로잡아야 했다.

'안 되면 솥의 다리 하나는 되어야 한다.'

고철한은 그렇게 생각하며 세현의 제안을 기다렸다.

"크라딧 필드와 그와 연계된 이면공간은 네가 알아서 해. 대신에 그 나머지는 건드리지 마라. 그럼 너와 우리가 공존할 수 있을 거다."

"뭐라? 그러니까 불가침 협정이라도 하자는 거냐?"

"맞다."

"웃기는 소리! 이제 곧 모든 준비가 끝난다. 그렇게 되면 지구도 끝장이야. 그런데 그걸 포기하라고? 내가 지구의 진정한 지배자가 될 수 있는 기회를 왜 버려야 하지?"

"어차피 그건 성공하지 못한다. 거대 마법진을 통해서 너와 코어가 하나가 되는 것도 성공하지 못하고, 지구 인류 전체를 크라딧으로 만들려는 시도도 실패한다. 그러니……."

"실패라고? 실패?"

고철한이 세현의 말을 끊으며 붉은 얼굴로 소리를 지르며 물었다.

"그래, 분명히 말하지만 실패한다."

세현이 대답했다.

"크크큭! 그런데 왜 왔지?"

"뭐라고?"

"어차피 실패할 거라면서 왜 여기까지 와서 우릴 말리려는 거냐는 말이다. 앞뒤가 안 맞지 않나?"

고철한은 세현의 약점이라도 잡았다는 듯이 득의양양한 표정으로 다그쳤다.

"미친 놈! 실패했다고 지구와 인류에게 재앙이 없을 거라고 생각하는 거냐? 네놈이 저질렀던 수많은 일이 지구 인류에게 얼마나 큰 재앙을 불러왔는지 모른단 말이냐! 오랜 후에 있어야 했을 몬스터들의 지구 침범을 크게 앞당긴 것도 너였다. 감당하지 못할 숫자의 돌연변이를 만들어서 수많은 사람을 에테르 코어의 노예로 내어준 것도 너였고! 거기다가 이번에는 거대 마법진이란 엄청난 재앙으로 인류 전체를 위협하고 있는 거다. 제대로 성공도 하지 못할 거면서!"

"웃기지 마라! 실패한다고? 그걸 어떻게 믿지? 네놈의 이름 따위를 내세운다고 믿을 수 있을 것 같으냐? 다 개소리다! 증거를 대라, 증거를!"

세현이 강력하게 반발했지만 돌아오는 것은 고철한의 고집어린 말뿐이었다.

하지만 세현도 700년 후의 미래를 보고 왔다는 말을 증명할 마땅한 수단은 없었다.

그나마 돌연변이 에고 코어는 세현의 높은 격을 짐작하고 이름을 건 말을 믿었지만 고철한은 그런 수준이 아니었다.

더구나 고철한은 어떻게든 세현의 약점을 잡아서 에고 코어를 자신에게 돌아오도록 만들려는 욕심에 가득 차 있었다.

세현은 말로 해서 될 상황이 아님을 알아차리고 고개를 흔들었다.

"고철한, 어차피 너의 바람은 이루어지지 않는다. 지구를 차지하고 이후에는 우주 전체를 네 권속으로 채워보겠다는 그 어이없는 야망은 성공하지 못해."

세현은 고철한을 노려보며 말했다.

"뭐, 뭐라고?"

"네가 저 에고 코어와 하나가 되어서 크라딧을 수족으로 부려서 우주를 점령하겠다는 야무진 꿈을 가진 것은 알지만, 700년이 지나도록 너는 지금의 수준에서 크게 벗어나지 못했다. 지구를 위험하게 하고 이면공간 몇을 더 차지한 것밖에는 없었지. 그래, 정확하게 말하면 지구의 절반을 네 것으로 만드는 데에는 성공했구나. 하지만 거기까지다. 네가 나간 것은 거기까지고 그 후로는 점차 퇴락했지."

"개소리! 나는 믿을 수 없다. 누가 그런 헛소리를 믿는단 말이냐! 700년 후의 나? 그딴 개소리를 믿을 것 같으냐!"

세현은 자신이 경험했던 것을 이야기했지만 고철한은 절대로 인정하지 않겠다는 의지를 보였다.

"휴우, 말을 해도 답이 없구나. 이렇게 되면 어쩔 수 없지. 거래는 저 에고 코어와만 하겠다. 넌 협상 대상에서 뺄 수밖에."

"무, 무슨 말이냐? 나를 빼다니?"

고철한은 세현의 말을 듣자 뭔가 상황이 이상하게 돌아갈 것을 예상했는지 표정이 다급하게 변했다.

"말 그대로다. 너는 네가 하고자 하는 일을 해. 나는 에고 코어와 거래를 할 테니까. 거래가 끝난 후에 고철한, 네가 결국 내 앞을 막아선다면 어쩔 수 없이 너와 난 싸워야겠지."

세현은 그렇게 말을 하고는 다시 시선을 에고 코어에게로 돌렸다.

"어떤가? 내가 너에게 줄 것은 모두 이야기했는데?"

[우웅웅 우우우웅.]

[음음. 대신에 원하는 것이 뭐냐는데? 거래를 하려고 준 것이 있으면 받고 싶은 것도 있지 않겠냐면서.]

"별것 아니다. 고철한과의 관계를 끊어주면 된다. 그 이상을 바라기엔 너와 고철한 사이의 계약이 만만찮지."

[우우우웅 웅웅웅웅!]

"관계를 끊어? 크하하하핫! 웃기는구나, 진세현! 그게 가능할 거라고 생각하는 거냐? 나와 코어는 이제 한 몸이나 다름이 없다. 그런데 여기서 서로의 관계를 끊을 수 있을 것 같으냐?"

세현의 말에 고철한은 어림도 없다는 듯이 큰 웃음을 터뜨렸다.

[코어도 비슷한 이야기를 해. 코어와 고철한은 불완전하지만 하나로 이어져 있다고. 음음음.]

"그건 나도 안다. 고철한, 네가 그 의자에서 움직이지 못하는 이유가 너와 이 천공탑, 정확하게는 에고 코어와 하나가 되어 있기 때문이지. 실제 그 몸뚱이도 거대 마법진이 작동하면 쓸모가 없는 것이 될 테고."

세현도 이미 알고 있다는 듯이 대꾸를 했다.

그리고 말을 이었다.

"하지만 에고 코어의 결심만 있다면 둘이 갈라서는 것도 불가능한 것은 아니지."

"그게 무슨 소리냐?"

"에고 코어가 지니고 있는 힘의 대부분을 포기하면 된다는 소리다. 그렇게 되면 에고 코어가 따로 떨어져 나올 수 있지."

"말도 안 되는 소리! 그렇게 되면 에고 코어는 나약하기 짝이 없는 상태가 된다. 그런 짓을 할 이유가 어디 있느냔 말이냐?"

고철한이 조소를 흘렸다.

"그렇게 해서 영혼의 완전성에 더 가까워진다면 충분히 해볼 가치가 있는 일이지. 안 그런가?"

세현은 그런 고철한을 무시하고 코어를 보며 물었다.

[웅웅웅웅웅웅웅!]

쿠르르르르르르릉!

다시 한 번 천공탑 전체가 떨어 울렸다.

## 에고 코어와 거래를 하다

"정말로 그렇게 할 거냐? 정말?"

천공탑의 진동을 느끼며 고철한이 목소리를 높였다.

그가 물어보는 대상은 세현이 아니라 에고 코어였다.

[웅우우웅. 웅우웅.]

"하! 기가 막히네. 그래서 저놈의 말이 사실이라면 정말로 그렇게 한다고?"

고철한은 어이가 없다는 듯이 고개를 들고 천장을 보며 목소리를 높였다. 하지만 그런 고철한의 눈빛 깊은 곳에서는 아릿한 흥분이 피어오르고 있었다.

에테르 코어와 자신의 분리는 지금 상황에서 무척 어려운 일이다.

이미 오랜 세월을 둘의 결합을 위해서 준비해 왔다.

그래서 지금은 사실상 몸은 하나라고 봐야 했다.

천공 필드의 거대한 탑.

그것은 곧 고철한과 에테르 코어가 공동으로 소유하고 있는 몸뚱이였다.

의자에 앉아 있는 고철한의 몸이나 의자 등받이 위쪽에 있는 코어가 고철한과 돌연변이 에고 에테르 코어의 본체인 것은 사실이다.

하지만 그 대부분의 기능들이 천공탑으로 옮겨진 상황.

겉으로 드러난 것은 의미가 없었다.

여기에 이제 고철한과 에고 코어의 정신과 영혼까지 하나로 묶이게 되면 그로서 둘의 결합은 완성되는 것이다.

사실 에고 코어는 그렇게 고철한의 영혼과 에고 코어의 정신 영역을 하나로 묶어서 완전체가 되고자 하는 계획을 가지고 있었다.

그것이 아니었다면 고철한과 하나가 될 일은 없었다.

그런데 여기서 에고 코어가 발을 빼고 물러난다?

고철한은 그렇게 될 경우에 에테르 코어가 가지고 있는 막강한 힘이 그대로 천공탑에 남게 될 것임을 알았다.

그러니 겉으로는 에고 코어의 선택을 말리려는 것처럼 보였지만 사실은 그렇게 될 수만 있다면 더없이 좋은 일이라고 생각하는 중이었다.

[우우웅 우우우우웅.]

"그래! 하고 싶은 대로 해라. 나는 간섭하지 않겠다. 하지만 분명히 말하지만 제대로 확인하고 선택을 해야 할 것이다."

고철한이 다시 한 번 에고 코어와 의견 교환을 하면서 고함을 질렀다.

분노가 가득 담겨 있는 듯한 반응.

그러면서 눈빛 깊은 곳에서는 흥분을 가까스로 억누르고 있는 고철한이었다.

[우-우-우-우-웅. 웅웅웅. 우-우-우-웅.]

[세현, 정말로 영혼의 부족함을 채울 수 있는 방법이 있느냐고 묻고 있는데? 어떻게 해? 음음?]

'팥쥐'가 세현에게 물었다.

세현은 오른쪽 어깨에 있는 '팥쥐'를 슬쩍 돌아보며 말했다.

"어쩌긴 어째? 그냥 보여줘. 모두는 보여주지 말고 조금만 맛보기로."

[음음. 그래? 그렇게 해도 돼?]

"그래봐야 백 년 정도 빨라질 뿐이지. 600년은 흘러야 예전 우리가 봤던 정도의 수준까지 나갈 수 있을 걸?"

세현은 '팥쥐'의 물음에 그렇게 대답했다.

그 말은 지금 세현이 보여주려는 것이 그렇게 대단한 것은 아니란 의미였다.

"뭐? 고작 그런 것으로 지금 거래를 하겠다고? 지금 내 동료를 무시하는 거냐?!"

고철한이 그런 세현을 향해 고함을 질렀다.

"하하핫. 웃겨 죽겠네. 이봐, 고철한. 지금 그거 무슨 뜻이야? 좀 더 확실한 뭔가를 내보여서 에고 코어를 설득해 보라는 말이야? 그래서 저 코어가 모든 것을 포기하고 떠나길 바라는 거야? 응? 하하하하핫!"

세현은 크게 웃으면서 그런 고철한에게 도리어 질문을 던졌다.

"쯧쯧… 하는 짓이 어떻게 그렇게 단순한지. 결국 코어가 떠나면 지금 이 천공탑 전체가 네 것이 될 거라고 생각하는 거지? 그래서 그 힘을 가지고 한번 멋대로 해보고 싶다는 거. 맞지? 크하하하하! 웃겨, 정말 웃기는군, 당신!"

세현은 상체가 들썩일 정도로 크게 웃음을 터뜨렸다.

하지만 고철한은 그런 세현의 말을 반박하지 못하고 얼굴만 붉히고 있었다.

고철한은 세현이 그런 것까지 꿰뚫어 보고 있을 거라곤 생각지 못했던 것이다.

[웅웅웅웅, 우우우웅.]

[음. 코어도 알고 있는 일이래. 자신이 떠나고 남는 힘은 고철한이 가지고 된다는 거. 그러니까 끼어들지 말래. 자신이 정말 떠나게 된다면 고철한이 원하는 대로 힘은 그대로 남겨 둘 거라고 해.]

세현은 '꽅쥐'의 말에 고개를 끄덕였다.

사실상 돌연변이 코어가 원하는 것은 자신의 완성이었다.

그 외에는 별반 관심이 없었다.

그러니 그 완성을 위해서 자신이 지니고 있는 힘의 대부분을 포기한다는 것도 문제 삼지 않았다.

[우웅우우웅. 우우웅.]

[속이지만 않는다면 거래를 받아들이겠는데. 음음.]

"하지만 그래서야 내가 손해 아닌가? 저 고철한이 모든 힘을 그대로 이어받게 된다면 말이야. 그건 별로 달갑지 않거든."

세현이 중얼거렸다.

"뭐라고!!"

세현은 무심한 듯이 말했지만 듣는 고철한에겐 큰 문제였다.

만약에 코어가 세현의 말을 받아들이게 되면 천공탑의 힘에 이상이 생길 가능성도 있었다.

지금도 천공탑의 힘을 모두 제어하고 있는 것은 코어였다.

사실상 고철한은 아직 천공탑 전체를 통제할 능력이 없었다.

그럼에도 코어가 떠나는 것을 반긴 이유는 코어가 떠난 빈자리를 자신이 차지하게 되면 천공탑의 모든 것을 마음껏 움직일 수 있을 것이라 생각하기 때문이었다.

고철한은 코어가 차지하고 있는 영역에 천공탑의 통제와 제어를 맡는 부분이 있다고 믿고 있었다.

"아, 발끈할 건 없어. 솔직히 나는 당신이 얼마나 큰 힘을 지니게 될 것인가 하는 문제엔 별로 관심이 없어. 그러니까 진정해. 다만 코어와 거래할 것은 거대 마법진의 철회야."

"뭐라고 거대 마법진?"

"맞아, 그거. 당신이 만든 것도 아니잖아. 그걸 만든 것은 코어였지."

"하지만 그건 지구 공략을 위한 중요한 포석이다! 그것을 없애는 것은 코어와 나의 계약에 맞지 않는 짓이다."

"계약에 맞지 않는다고?"

"우리는 서로의 일을 방해하지 않기로 약속을 맺었다. 그러니 지구 공략을 준비하는 나를 방해하는 것은 있을 수 없는 일이다."

"그래서 거대 마법진을 철회하는 것이 너의 일을 방해하는 거라고?"

세현이 얼굴을 옅은 웃음을 담고 물었다.

"당연하다!"

"그런 걸 개소리라고 하지. 거대 마법진은 코어가 만든 거야. 그 지식도 코어에서 나왔지. 그걸 없애는 것은 너를 방해하는 것이 아니라 도움을 중지하는 거야. 그 계약이 코어가 반드시 너를 도와야 한다는 내용은 아니잖아?"

세현은 당당하게 소리치는 고철한에게 그렇게 말을 했고 고철한은 굳은 표정으로 입을 다물었다.

당장 자신과 한 몸을 쓰는 코어가 세현의 말에 동조하는 것을 느낄 수 있었던 것이다.

[웅-우-우-웅.]

[보여달래. 보여줘?]

'팥쥐'가 물었다.

세현은 무엇을 보여 달라고 하는 건지 묻지 않아도 알 수 있었다.

하지만 아직 코어의 약속을 듣지 못했다.

"어쩔 거지? 내가 가진 것이 너의 완성에 큰 도움이 될 거라면 너는 마법진을 철회하고 저 고철한과 하나가 된다는 계획을 멈출 건가?"

세현은 코어에게 대답을 들어야 했다.

[우우우웅.]

코어의 대답에 천공탑이 크게 울렸다.

[약속했어! 음음. 분명하게!]

'팥쥐'가 코어의 대답을 세현에게 전해줬다.

"그럼 보여줘. 영혼의 설계도!"

세현이 '팥쥐'에게 그렇게 말을 했고, 그와 거의 동시에 천공의 탑 최상층 공간을 가득 채울 듯한 황금색의 입체 영상이 떠올랐다.

"뭐, 뭐야, 저게?"

고철한은 그것을 보며 이해할 수 없다는 표정으로 더듬거렸다.

세현은 황금색의 입체 영상을 올려다보았다.

지름이 50미터에 높이도 그와 비슷한 반구형의 공간.

천공탑의 최상층에는 '팥쥐'가 만들어 낸 뭔가로 가득 찼다.

지금까지 세현조차도 온전히 이해하지 못한 엄청난 수준의 설계도, 혹은 입체 투시도.

"이게 바로 영혼의 모습이다. 물론 이것이 전부는 아니지. 하지만 중요한 것은 이것이 바로 초기 형태의 영혼이라는 사실이다. 이 우주의 역사와 함께 발전과 변화를 거듭한 엄청난 영혼들과는 달리 가장 기본적인 것만 담고 있는 모습이지."

세현은 그렇게 말을 하면서 제 스스로도 감격스러운 표정을 짓고 있었다.

고철한과 에고 코어, 둘 모두 세현의 말에 반응이 없었다.

사실 그 둘은 물론이고 '팥쥐'와 콩쥐까지 허공을 가득 채우고 있는 영혼의 모습에 홀린 모습이었다.

"물론 이것에 완전한 초기 모델은 아니지. 이 이전에 최초의 영혼이 있었어. 하지만 그건 나도 얻지 못했지. 그리고 지금 보고 있는 이것도 완전한 것은 아니야. 약 3% 정도만 보여준 거지. 하지만 이것만으로도 거래는 충분하다고 생각하는데? 대답은?"

세현이 그렇게 물었을 때 천공탑의 에고 코어는 금방 대답하지 않았다.

하지만 그리 오랜 시간이 지나기 전에 코어가 대답했다.

[우-우-우웅. 웅-웅.]

[원하는 대로 해주겠대. 대신에 나머지 부분도 원한다고 하는데? 음음? 어떻게 할 거야?]

"말도 안 돼! 그럴 순 없어!"

'팥쥐'가 통역을 한 것과 고철한이 고함을 지른 것은 동시였다.

고철한은 코어가 거대 마법진까지 없앨 결심을 했다고 느낀 것이다.

"그게 얼마나 오랜 시간동안 준비해 온 건데 그걸… 그걸 마음대로……! 절대 그럴 수는 없어!!"

고철한이 고함을 지르며 의자에서 몸을 일으킬 듯이 요동을 쳤다.

하지만 고철한의 몸은 의자와 하나가 되어 있는 상태라 몸을 일으키지는 못했다.

대신에 고철한에게 영향을 받은 에테르들이 날카로운 기세를 뿜으며 사방으로 뻗어갔다.

"힘만 놓고 보면 지금까지 봤던 어떤 초인보다 강력한 것 같은데?"

세현이 그런 고철한의 모습에 살짝 이맛살을 찌푸렸다.

[우우웅, 우우우웅. 웅웅웅.]

"웃기지 마라. 가려면 곱게 떠나! 마법진은 절대 내놓을 수 없어!"

[우우웅, 우우웅, 웅웅.]

"그래, 가! 그냥 두고 가란 말이야."

[코어가 마법진을 그대로 두고 떠날 생각을 하고 있나 봐. 세현, 어떻게 해? 음? 음음?]

'팥쥐'가 둘의 대화를 듣고 있다가 급하게 세현에게 물었다.

세현도 고철한의 말만으로도 어느 정도 짐작을 했기에 급하게 소리를 질렀다.

"거대 마법진을 그대로 둔다면 더 이상 거래는 없다! 지금 네가 고철한과 헤어진다면 조금 전에 봤던 그것으로 만족해야 할 것이다!"

[우우우웅.]

쿠르르르르르르릉!

세현의 고함소리에 코어의 반응이 거칠었다.

[음. 마법진에 대한 아이이어가 고철한의 것이니 코어도 마음대로 마법진을 처리할 수는 없다는데? 음음.]

"그렇다면 영혼에 대한 더 이상의 정보도 포기해야겠지."

세현은 간단하게 대답했다.

하지만 그렇다고 세현이 코어가 다시 거대 마법진을 어떻게 하겠다며 생각을 바꾸진 않을 거란 사실을 알고 있었다.

코어는 속임수에 익숙하지 않았다.

사실을 말하고 그에 따라 행동을 하기 때문에 코어가 그렇다고 말했다면 그것으로 끝인 셈이다.

[우우우우웅.]

[음. 다른 거래를 하자는데? 뭔가 원하는 것이 있으면 이야기를 하라고 해.]

"일단은 이쪽으로 옮겨 오라고 해. 고철한과 작별하는 것에 대한 대가는 이미 치렀으니까."

세현이 왼쪽 손목을 내밀었다.

황금색으로 빛나는 천공기 문신이 화려한 모습을 드러내고 있었다.

"설마… 그게 말이 된다고 생각하는 거냐? 코어를 네가 받아들인다고? 힘을 잃은 코어를? 너를 어찌 믿고!"

고철한이 그 모습에 버럭 고함을 질렀다.

그저 멀리 어디론가 떠나는 것도 아니고 세현의 천공기로 들어가다니 고철한으로선 상상도 못했던 일이었다.

"선택은 고철한, 당신이 하는 것이 아니다. 그건 코어의 선택에 달린 거다. 참견하지 마라!"

세현은 그런 고철한에게 고함을 질렀다.

그와 동시에 천공탑의 진동이 거세지기 시작했다.

[우우웅우우웅, 우웅 우웅 우웅, 우우우우웅.]

크르르르르! 콰르르릉! 콰르르르르르!

Chapter 6

## 고철한의 폭주

"크아아아앗! 절대 안 된다! 그렇게 할 수는 없어!"

천공탑이 요동을 쳤다.

[음음. 코어가 나오려는 것을 저자가 막고 있어. 음음. 놔줘! 놔줘!]

'꼴쥐'가 세현의 어깨에서 짧은 팔을 흔들며 소리를 질렀다.

그러는 사이에 고철한의 몸뚱이는 조금씩 바스러지고 있었다.

세현은 그것이 고철한과 천공탑이 하나가 되는 과정임을 알아차렸다.

평행차원에서 고철한을 만났을 때, 고철한의 몸은 남아 있지 않았다. 그저 에테르로 만들어진 허상만 의자에 앉아 있었을 뿐이다.

지금처럼 천공탑과 하나가 되면서 사라진 몸을 그런 식으로 구축해 두었던 것이다.

[우우웅 우우우웅 우우우우우웅.]

─카카카카카! 웃기지 마! 네가 저놈에게 가면 내 모든 것을 저놈이 알게 되는 거잖아? 그걸 내가 두고 볼 거라고 생각했단 말이냐? 크하하하핫!

[우우웅 우우우우웅.]

─네가 끝까지 계약을 지키리란 보장은 없지. 거기다가 지금 너는 힘을 모두 잃은 상태로 내게 잡혀 있다. 카카카카. 그런데 내가 왜 너를 놔줘야 하지?

[우우웅 우우우우 웅웅웅.]

─계약을 어겼다고? 그래서? 크하하! 내가 계약을 어겼다고 네가 뭘 할 수 있다는 거냐? 힘이 없으면 권리도 못 찾아 먹는 것이 세상의 이치다. 그걸 몰랐단 말이냐!

[우우웅 우우우우웅 우웅웅웅.]

─웃기지 마라! 절대적인 진리 따위, 질서 따위, 법칙 따위가 어디에 있다는 말이냐? 그래서 지금 그것이 네게 무슨 도움을 주지? 그런 것이 정말 있다고 해도 지금 당장 네가 죽고 나면 그게 무슨 소용이란 말이냐?

고철한의 목소리는 이제 육체가 아닌 에테르의 공명으로 들려오고 있었다.

세현은 그 소리를 통해서 코어와 고철한 사이에 오고가는 이야기를 짐작할 수 있었다.

"고철한, 네가 코어를 억류한다면 나도 가만히 두고 볼 수가 없다. 정말 지금 여기서 끝장을 보자는 거냐?"

세현이 이제는 의자 위쪽에 자력으로 떠 있는 에테르의 덩어리의 모습으로 변하고 있는 고철한에게 물었다.

지금까지 열두 곳의 크라딧 필드와 이면공간에서 끌어들여서 모았던 어마어마한 에테르가 천공탑에 쌓여 있었다.

그리고 그것을 관리하던 것이 코어였는데, 코어가 그 통제권을 고철한에게 넘기고 빠져나오다가 중간에 차단을 당했다.

지금 고철한은 스스로를 그 어마어마한 양의 에테르를 통제할 수 있는 코어로 변화시키고 있는 중이었다.

세현의 눈앞에서 만들어지고 있는 에테르의 덩어리가 바로 그 코어였다.

세현은 코어의 탄생을 지켜보고 있는 셈이다.

─싸운다고? 나와? 카카카! 그게 가능할 거라고 보는 거냐? 네놈 따위가 감히 나와 싸울 수 있다고?

고철한은 막대한 에테르의 힘을 느끼며 자신감이 가득했다. 지금 그가 느끼는 힘이라면 세현 정도는 가볍게 찍어 누를 수 있겠다고 생각했다.

"고철한, 다시 생각해라. 내가 네게 이야기했던 대로 거대 마법진을 포기하고 크라딧 필드와 이면공간에 만족하고 살아. 그러면 너와 나 사이에 더 이상 분쟁은 없을 거다."

하지만 세현은 고철한이 보이는 자신감 따위는 신경도 쓰지 않는다는 듯이 담담한 목소리로 설득하듯 말했다.

ㅡ그냥 죽어라! 이젠 더 이상 듣기도 싫다!

하지만 고철한은 세현의 말에 귀를 기울이지 않았다.

삽시간에 천공탑 최상층 전체의 에테르가 세현을 향해 달려들었다.

"크음."

세현은 가까스로 자신의 몸을 보호할 정도의 방어막을 만들었다. 그리고 점점 형태가 뚜렷해지고 있는 에테르 덩어리를 노려봤다.

"…어쩔 수 없군."

쿠구궁! 쿠구궁! 쿠구궁!

세현은 어금니를 깨물고 오른쪽 발을 들어서 힘차게 굴렀다.

세현이 발을 구를 때마다 기묘한 진동이 생겨서 천공탑을 흔들었다. 그리고 그 발 구름이 몇 번 이어진 후, 드디어 천공탑 최하층에서 반응이 생겼다.

쿠구구구궁 쿠구궁 쿵쿵 쿵!

진강현, 공아현, 진미선, 올토아낙이 세현의 신호를 기다렸다가 준비된 대로 에테르를 충돌시키는 소리였다.

천공탑의 최하층은 백팔 이면공간의 거대 마법진이 반드시 통과해야 하는 곳이었다. 그리고 오랜 시간 모았던 에테르가 축적된 곳도 천공탑의 최하층부터 시작되고 있었다.

세현은 평행차원에서 천공필드를 공략하는 과정에서 그것을 알아냈고, 약점이 될 장소를 진강현 등에게 알려주고 그곳에서 대기하도록 했다.

세현이 그들과 함께 천공탑으로 온 이유가 그것 때문이었다.

세현이 특별하게 개발한 방법으로 코어의 이목까지 속이고 세현이 지정한 장소까지 이동한 그들은 세현이 발 구름으로 보낸 신호에 따라서 에테르가 지나가는 굵은 통로에 충격을 가한 것이다.

―이게 무슨? 어떻게? 으아아아악! 안 돼! 절대로 그러면 안 된단 말이다!

고철한이 깜짝 놀라서 소리를 질렀다.

"아직도 계속해 볼 생각이 있나? 알고 있겠지만 지금의 상황은 너와 나, 둘 모두에게 별로 좋을 것이 없다. 지금 밑에선 내 동료들이 에테르를 충돌시키고 있지. 물론 평소라면 그게 그렇게 큰 문제는 아니었을 거다. 하지만 지금처럼 코어의 통제권을 네가 빼앗고 있는 상황이라면 이야기가 다르지. 지금 일어나는 충돌이 계속되면 결국 천공탑은 폭발할 수밖에 없다. 어때? 그래도 계속할 테냐?"

―너, 너는 이걸 모두 계산하고 코어를 회유한 거냐? 그런 거냐?

"만약을 대비했을 뿐이다. 네가 코어를 얌전히 돌려주고 거래에 응했으면 이런 일은 없었겠지. 네 욕심이 일을 이렇게 만들었을 뿐이다."

쿠구궁! 쿠구궁! 쿠르르릉! 쿠룽!

—그만, 그만둬라! 이러면 천공탑이 모두 폭발한다! 그리고 연결된 이면공간과 크라딧 필드도 무사하지 못할 거다!

"먼저 코어부터 풀어줘! 거래는 그 후에 하자."

고철한이 천공탑의 최하층에서부터 들려오는 폭발음에 당황해서 소리를 질렀지만 세현은 서두르지 않았다.

—네, 네놈이 감히!

고철한은 그런 세현의 반응에 발끈하며 소리를 질렀지만 당장 고철한이 할 수 있는 일은 없었다.

"어서 코어를 내놔!"

세현이 약간 목소리를 높여 고철한을 압박했다.

—…….

고철한은 잠시 침묵을 지켰다.

하지만 다시 한 번 심연에서 들려오는 폭발음 소리에 어쩔 수 없이 잡아두고 있던 코어의 정신을 해방시켰다.

허공에 떠 있던 붉은색의 에테르 덩어리, 이제 코어로 만들어지고 있던 그 덩어리에서 에테르가 연기처럼 흘러 나와서 세현의 왼쪽 손목으로 흡수되었다.

"숨긴 것은 없겠지?"

세현이 물었다.

―숨기긴 뭘 숨긴단 말이냐!

고철한의 목소리가 에테르의 공명으로 천공탑을 흔들었다.

[음음. 괜찮아. 안전하게 모두 나왔어. 대신에 힘을 좀 더 빼앗겼어. 전체의 3% 정도만 가지고 왔을 뿐이야. 음음. 그렇다고 해.]

'팥쥐'가 코어의 뜻을 대신 전해 주었다.

"좋아, 그럼 거래를 마저 해야지?"

세현이 코어의 모습을 거의 갖춰가고 있는 고철한에게 웃는 얼굴로 물었다.

그러면서 다시 바닥에 발을 굴렀다.

몇 번 발을 구르자 밑에서 들리던 폭발음이 현저하게 줄었다.

하지만 여전히 일정 간격을 두고 폭발음은 계속되었다.

"이 정도면 한동안은 걱정 없지? 우리 차분하게 이야기를 해볼까?"

―거래라니! 코어는 이미 내어줬다! 무슨 거래를 하자는 거냐?

고철한은 억울하다는 듯이 말했다.

"그야 당연히 거대 마법진에 대한 이야기를 해야지. 그거, 좀 위험하거든"

―그걸 작동해도 지구를 점령하지 못한다고 했던 건 너였다.

그런데 무슨 말을 하는 거냐?

"그래. 하지만 위험하지 않다고 하진 않았어. 그래서 말인데 그냥 포기하는 것이 어떨까? 그 거대 마법진."

세현이 여전히 웃는 얼굴로 이야기를 하고 있었다.

—정말로 나를 막다른 길로 몰겠다는 거냐? 코어를 놓아준 것으로 충분하다.

"그게 아니겠지. 코어가 너를 적대하지 않겠다고 약속을 해서 놓아준 거겠지? 괜히 천공탑 전체를 위험하게 만드는 것보다는 나을 거라고 생각했을 테니까 말이야. 네게 해가 될 어떤 정보도 나에게 주지 않기로 했다며?"

그것은 조금 전에 '팥쥐'가 전해온 내용이었다.

고철한이 코어를 세현에게 보내주기 전에 내면으로 코어와 그런 약속을 했다는 것이다.

—어쨌거나 너희가 나를 궁지에 몬다면 나도 끝장을 볼 수밖에 없다.

고철한은 세현의 말에도 양보할 생각이 없다는 뜻을 분명히 했다.

"함께 죽자는 거군."

세현이 표정을 굳히며 중얼거렸다.

—죽는 것은 너희들이겠지. 이곳 천공탑이 사라진다고 내가 사라지는 것은 아니다. 이제 알겠군. 이 코어란 존재가 어떤 존재인지 말이야. 이제 나도 완전한 영생을 얻었다는 말이지. 크

하하하핫!

"쯧!"

세현은 고철한의 말에 아쉽다는 표정으로 혀를 찼다.

고철한이 완전히 에테르 코어로 변했다는 사실을 알았기 때문이다.

그것도 이전에 돌연변이 코어 상태와는 전혀 다르게 거의 완전한 에테르 코어로 다시 태어났다.

이후 시간이 흘러서 어떤 문제가 생길지는 모르지만 지금 상태로는 거의 완전한 에테르 코어가 되었다는 생각이 들자 아쉬운 마음이 든 것이다.

세현은 중간에 실패해서 불완전한 코어가 되었다면 상대하기 더 쉬웠을 거라 생각했다.

"그래서 어쩔 거지? 끝장을 볼까?"

세현이 다시 물었다.

─천공탑이 박살 나도 내가 죽지 않을 것임을 알면서도 끝까지 해보자는 거냐?

"하지만 다시 이만한 힘을 키우려면 오랜 시간이 걸리겠지. 적어도 몇 백 년은 걸리지 않을까?"

─웃기는 소리다. 이미 한 번 왔던 길이다. 이 정도를 만드는 데 그리 긴 시간이 걸릴 것 같으냐?

세현의 말에 고철한은 어림도 없는 소리라고 반박을 했다.

"하긴, 내가 생각해도 네가 인간들을 부추기면 어떻게 될지

나도 장담을 못하겠네. 인간들의 욕망은 워낙 다양하니까 말이지."

─그러니 물러나라. 지금 당장 너희를 어쩌지는 않겠다. 너도 알겠지만 나 역시 완전하지 않다. 지금 상황을 추스르는데 얼마간 시간이 필요하지. 그 때문에 나도 너희를 보내주는 양보를 하는 거다. 어차피 오래지 않아 다시 만나야 하겠지만.

"그래, 다시 만나야겠지. 네가 계속해서 야망을 버리지 않는다면 말이다."

세현은 살짝 한숨을 쉬었다.

지금 상황에서 자신과 자신의 일행들이 천공탑을 폭파시키는 것이 답일 수도 있었다.

고철한이 영생이 어쩌고 하지만 그것은 그가 천공탑의 폭발에서 몸을 피할 수 있을 때의 이야기였다.

고철한을 잡을 수 있는 확률은 반 이상이라고 세현은 생각하고 있었다. 그럼에도 그가 망설이는 이유는 천공탑을 폭파하기 위해서 최하층에 있는 네 사람을 위험하게 만들어야 하기 때문이었다.

자칫하면 그들 넷의 생존을 보장하지 못할 경우도 생각해야하는 것이다.

세현은 잠시 고민을 했다.

하지만 결론은 이미 나와 있는 것이었다.

"좋다. 어차피 내가 원하는 것은 얻었으니 오늘은 이만하기로 하지."

―그래, 그런데 어떻게 할 생각이지?

고철한이 물었다.

서로 양보를 하기로 했다고 해서 끝날 문제가 아니었다. 최하층에 있는 네 사람이 빠져나가는 동안, 그들의 안전을 어떻게 보장할 것인가 하는 것이 문제였다.

"그거야 이거면 되지 않겠어?"

세현이 손을 내밀어 에테르를 끌어 모으기 시작했다.

―뭐하는 거냐?!

"아아, 건드리지 마라. 지금 건드리면 위험하니까. 이건 또 다른 안전장치지. 네가 여기에 신경을 쓰는 사이에 우린 물러날 테니까 걱정하지 마라."

세현은 에테르를 모아서 일정한 형식으로 배열하고 있었다.

그것은 굉장히 복잡한 에테르 조합이었고, 고철한도 그것을 쉽게 파악할 수는 없었다.

"그리 긴 시간이 필요한 것은 아니니까 이 정도로 하자. 이걸 두고 갈 테니까 알아서 처리를 해. 괜히 우리 신경 쓰다가 끝장을 보는 일은 없도록 하고."

세현은 그렇게 말을 하고는 다시 바닥에 발을 굴러서 일행들에게 신호를 보냈다.

세현의 탈출 신호를 받은 이들은 최대한 빠르게 처음 만났던 장소로 이동을 해올 터였다.

"그럼 나는 간다!"

세현은 그 말과 함께 천공탑의 최상층에서 모습을 감추었다. 같은 공간 안에서의 이동은 특별한 방해가 없다면 '팥쥐'와 콩쥐의 힘을 모으면 순식간에 가능한 일이었다.

세현이 사라진 공간에서 새롭게 태어난 붉은색 에테르 코어가 껌뻑거렸다.

―놈!!!


## 아직도 위험은 그대로 남아 있다


"왜 그냥 물러난 거냐? 그대로 일을 진행해도 되었을 텐데?"

미래 길드의 본부로 돌아오자마자 세현을 보며 따지듯이 물었다.

"거기서 계속 싸웠으면 우리 중에서도 희생자가 생겼을 거야. 형이나 형수, 아니면 진미선이나 올토아낙이 죽었을 수도 있지."

"하지만 기회가 쉽게 오는 것은 아니잖아. 다시 천공 필드로 갈 거냐?"

강현은 혹시나 세현이 홀로 일을 벌일지도 모른다는 걱정이 들어서 물었다.

"들어가는 거야 어떻게든 할 수 있겠지만 고철한을 상대로 전면전을 해서는 이기기 어려워."

하지만 세현은 절대로 천공 필드에 홀로 갈 생각이 없었다.

세현이 초인의 격을 넘어서 한 단계 더 성장했다고는 해도, 천공탑의 주인이 된 고철한에 비해서는 부족한 면이 있었다.

고철한이 다룰 수 있는 에테르의 총량이 세현보다 월등히 많았던 것이다.

거기다가 천공탑은 그 자체로 고철한의 몸이나 다름이 없는 상태여서 그곳의 에테르는 세현이 아닌 고철한의 편이라고 봐야 했다.

그런 곳에서 고철한과 싸우는 것은 섶을 지고 불에 뛰어드는 것과 다를 바가 없었다.

"도련님, 고철한이 천공탑을 완전히 장악하면 그 다음은 거대 마법진을 발동시키려 할 거예요. 그건 막아야 하지 않을까요?"

공아현이 세현을 보며 걱정스러운 표정으로 물었다.

"당연히 막아야죠. 하지만 그 정도 규모를 우리들이 감당하긴 어려울 겁니다."

"그럼 어떻게 하죠?"

공아현의 안색이 급격히 어두워졌다.

"그래도 고철한이 돌연변이 에고 코어와 하나가 되는 것은 막았으니까 급한 불은 껐습니다."

하지만 세현은 나름대로 작전이 성과가 있었다고 생각하고 있었다.

"그 코어를 철한이와 떼어 놓는 것이 그렇게 중요한 일이냐?"

진강현이 세현을 보며 물었다.

"고철한의 힘은 크라딧이야. 크라딧을 지배하는 거지. 그런데 크라딧은 아주 치명적인 약점이 있어. 수명이 200년이란 거. 그리고 그 수명이 곧 영혼의 소멸로 이어진다는 거지."

"그래서?"

"평행차원에서 고철한은 코어와 하나가 되어서 크라딧에 대한 지배력을 강화했었어. 물론 크라딧의 영혼 훼손에 대한 문제는 해결을 못했지만 코어가 계속 연구를 하는 중이었지. 그러면서 폴리몬을 이용해서 크라딧 중에서도 수명의 한계를 넘는 이들이 있다는 거짓을 꾸몄지."

"그러니까 코어가 철한이와 하나가 되지 못하면 그걸 할 수가 없다는 거냐?"

"아마도 그럴 거야. 첫째로 크라딧에 대한 지배력을 강화시킬 수가 없을 거고, 둘째로 고철한은 아마도 몬스터 생성이나 마가스, 폴리몬 등을 만드는 것은 불가능할 거야. 지금 있는 것들은 통제할 수 있겠지만 만들지는 못하겠지."

"그게 코어가 빠져나갔기 때문이라고?"

"맞아. 그건 에테르 코어의 능력이야. 이번에 고철한이 천공탑을 손에 넣고 온전한 에테르 코어로 다시 태어나긴 했지만 기능적으로 몇 가지는 빠져 있는 상태라고 봐야지. 그건 코어가 옮겨 오면서 천공탑에서 사라진 기능이니까."

세현은 그렇게 말을 하며 살짝 웃음을 보였다.

"결국 손발이 부실하게 된 거란 말이네?"

진강현도 세현의 의도를 짐작하고 살짝 안도의 한숨을 쉬었다.

"적어도 저쪽 평행차원에서만큼 강력한 체제를 갖추긴 어려울 거야. 대신에 고철한 개인의 강력함은 그쪽보다 훨씬 더 커지겠지."

"도련님 그게 더 위험한 거 아닌가요?"

공아현은 고철한이 강해졌다는 소리에 걱정스러운 표정으로 물었다.

"그거야 고철한과 정면으로 싸울 때에나 문제가 되는 거지, 그렇지 않다면 상관없는 일입니다. 외곽에서부터 조금씩 세력을 갉아먹는 방법으로 가면 언젠가는 고철한도 천공탑만 덩그러니 남는 신세가 될 겁니다. 그런 방법으로 싸워야 하는 겁니다."

세현은 절대로 천공탑에 있는 고철한과 정면 승부를 할 생각이 없었다.

크라딧 필드와 이면공간을 하나씩 하나씩 고철한에게서 떼어내다 보면, 결국은 천공탑만 남는 때가 올 거란 것이 세현의 생각이었다.

"뭐, 다 좋은데 그럼 그 거대 마법진은 어떻게 할 거야?"

그때, 진미선이 답답하다는 듯이 물었다.

세현과 강현, 공아현의 이야기가 계속해서 거대 마법진에 대한 것만 빼고 겉돌고 있다고 느낀 것이다.

"그게 좀 문제긴 하지. 그래서 어쩔 수 없이 도움을 좀 얻어야 할 것 같다."

세현이 그런 진미선을 보며 대안이 있다는 듯이 말했다.

"방법이 있어?"

진미선이 반색을 했다.

그녀는 태어날 때부터 거대 마법진이 발동된 이후의 세상에서 살았다.

때문에 거대 마법진이란 것이 얼마나 큰 전환점이 되는지를 알고 있었다.

그래서 언제나 거대 마법진만 막을 수 있다면 세상이 바뀔 거라고 생각하고 있었다.

그런데 이번에 천공탑에 침투해서도 결국 거대 마법진은 그대로 두고 나올 수밖에 없어서 크게 실망을 하고 있던 참이었다.

"지원군을 좀 불러야지."

세현이 그렇게 말하며 환하게 웃었다.

*　　　*　　　*

"이럴 수는 없는 거다. 이렇게 길을 알고 있으면서 어째서!"

올토아낙이 세현을 보며 고함을 질렀다.

"나도 평행차원에서 돌아오고 얼마 안 되었다는 걸 기억해

주면 좋겠다. 돌아오자마자 천공탑으로 갔었잖아. 그리고 네가 그때 함께 가서 도움을 줬으니까 지금 너를 이렇게 데리고 가는 거지. 아니었으면 내가 널 데리고 왔을 거 같으냐?"

"이익, 그래도 진작 이야길 해줬으면 좋잖아!"

"미리 이야길 한다고 달라질 게 뭐가 있는데? 어차피 나하고 함께 움직이지 않으면 들어갈 수도 없는 곳인데. 너, 혼자 이걸 열고 들어갈 자신이 있냐?"

"아니, 그건 아니지만……."

"그러니까 내가 판게아로 갈 방법이 있다고 미리 이야기를 했으면 어땠을까? 난 아마도 들들 볶였을 걸? 자, 시끄럽게 떠들지 말고 들어가자."

세현은 그렇게 말을 하고는 자신이 열어 놓은 게이트로 걸어 들어갔다.

"야, 같이 가!"

그 뒤를 올토아낙이 급하게 뒤따랐다.

"나도 같이 가."

그 뒤를 지금까지 조용히 있던 진미선이 빠르게 따랐다.

그렇게 세 사람이 들어간 게이트는 얼마 후 흔적도 없이 사라져 버렸다.


게이트가 사라진 그때, 세현과 올토아낙, 진미선은 지구의 행성 코어 가이아가 만들어 낸 세상, 판게아에 서 있었다.

"왔다! 왔다! 왔다고!!"

올토아낙이 두 팔을 하늘로 번쩍 번쩍 들어 올리며 소리를 질렀다.

그리고 곧바로 에테르를 뿜어서 주변을 살피기 시작했다.

"야, 저쪽에 사람들이 있다. 저리로 가자!"

그리고 곧바로 한쪽 방향을 가리키며 소리를 질렀다.

세현이 그쪽으로 고개를 돌렸다.

"그래, 일단 가 보자. 올토아낙, 너는 미도리가 어디 있는지 찾는 게 제일 중요할 테니까."

"나 먼저 간다!"

올토아낙은 순식간에 점이 되어 지평선으로 사라졌다.

세현은 그런 올토아낙의 모습에 고개를 절레절레 흔들었다.

"위험한 거 아니야?"

진미선에 세현의 곁으로 다가서며 물었다.

"괜찮아. 그냥 호감이 좀 과한 것뿐이니까."

"그래도 그게 정도 이상의 무리를 이루면 집단의식이 되잖아. 그걸 몰라?"

"알긴 하는데… 여긴 가이아가 다스리는 땅이니까 그런 걱정은 하지 않아도 될 것 같지 않아?"

"하긴, 행성 코어가 만든 공간이라면 큰 문제는 없겠지."

진미선은 어느 정도는 수긍을 할 수 있겠다는 듯이 고개를 끄덕였다.

진미선이 말한 집단의식이라고 하는 것은 별다른 것이 아니었다.

다수의 사람들이 모이면 마치 최면에 걸리기라도 하듯이 한쪽 방향으로 생각이 몰리는 경우가 많았다.

그리고 그것은 크라딧 같은 경우에는 고철한에 대한 호감이 중심이 되어서 결국은 맹목적인 추종이라는 형태로 나타났었다.

진미선이 걱정하는 것은 이곳 판게아에서 처음으로 시작된 화이트 크라딧들이 미도리라고 하는 여자의 영향을 받았다는 사실이었다.

혹시라도 미도리가 고철한처럼 크라딧과 몬스터들의 중심이 되어서 세력을 만드는 것이 아닌가 걱정한 것이다.

하지만 이곳이 행성 코어인 가이아가 직접 관여하는 영역이란 것을 생각하면 그 문제는 그리 크게 걱정할 바는 아닐 듯했다.

만약 미도리가 진미선의 걱정처럼 어떤 일을 벌이고 있다고 해도, 그것 역시 가이아가 인정한 범위일 거라는 생각이 들자 어느 정도 마음이 놓였다.

"그런데 가이아를 어떻게 만날 건데?"

진미선이 세현을 보며 물었다.

"뭐, 내가 이곳에 들어온 것을 알았을 테니까 곧 만날 수 있겠지."

"그게 뭐야? 아무 대책도 없다고?"

"판게아에 나 정도 되는 존재가 들어왔다면 당연히 가이아도 관심을 가지겠지. 그리고 내가 급히 만나고 싶어 한다는 것을 알면……."

지이이이잉!

세현이 그렇게 말을 하는 순간 세현과 진미선 사이에 커다란 거울이 나타났다.

"앗? 이게?"

진미선은 깜짝 놀라서 소리를 질렀고, 세현은 활짝 웃었다.

"이렇게 초대를 하는 거지."

세현은 그렇게 말을 하고는 거울의 표면에 손을 대었다.

그러자 거울의 표면이 마치 수면처럼 일렁거리며 세현의 손을 받아들였다.

"먼저 간다."

세현은 진미선을 보고 그렇게 말을 하더니 곧바로 거울 안으로 걸음을 옮겼다.

이번에도 진미선은 한 발 늦게 화들짝 놀라며 세현의 뒤를 따라갔다.


세현과 진미선이 도착한 곳은 넓은 평원이었다.

어디를 보아도 끝이 보이지 않는 평원에는 종아리에 겨우 닿는 크기의 풀들이 무진장하게 펼쳐져 있었다.

하지만 둘이 어디로 가야 할지를 알려주는 명확한 지표가 하나 있었다.

저 멀리 보이는 나무 한 그루.

평원 전체에서 오직 홀로 우뚝 서 있는 나무는 이제 겨우 사람의 키 높이 정도로 자란 침엽수였다.

"어서 와요."

세현과 진미선이 그 나무 가까이 갔을 때, 나무에게 물을 주고 있던 여인이 뒤돌아서며 둘을 맞이했다.

"독특한 컨셉인데요? 어쨌거나 다시 뵙게 되었습니다."

"그래요. 진세현. 또 보게 되었네요. 그리고 그쪽은 법칙의 밖에서 안으로 들어온 이로군요. 미래의 나로부터 나온."

가이아가 진미선에게 관심을 가졌다.

"그쪽에서 왔지만 대가를 치르고 이쪽에 속하게 되었어요. 그러니까 저를 특별하게 대하실 필요는 없어요."

진미선은 그런 가이아에게 딱 잘라서 말했다.

평행차원을 넘어오기 위해서 시스템이 요구하는 많은 일들을 처리했던 것으로 이 세상에서 차별을 받지 않을 권리가 있음을 말한 것이다.

"그래요. 그러니 밖에서 안으로 왔다 했지요. 그저 흔치 않은 일이라 대견히 여긴 말이니 고깝게 듣지 말아요."

가이아는 진미선의 뾰족한 반응에 환하게 웃으며 달래듯이 말했다.

진미선은 그런 가이아의 태도에 저도 모르게 마음이 풀리는 것을 느꼈다.

"자, 그럼 어디 들어볼까요? 진세현, 무슨 일로 나를 찾았지요?"

가이아는 표정이 풀리는 진미선에게서 시선을 돌려 세현을 보았다.

"정말 모르시는 겁니까? 아직도 판게아 밖으론 신경을 안 쓰시는 겁니까?"

세현이 그런 가이아에게 따지듯이 물었다.

세현이 알기로 가이아는 에테르 코어와의 싸움에서 세현의 도움으로 승리를 거둔 후, 지구에 대한 방어 시스템을 점검하고는 판게아에 칩거했다.

그래서 외부에서 무슨 일이 벌어지는지 제대로 알지 못하고 있다가 결국 고철한의 거대 마법진에 한 방 얻어맞고 계속 밀리는 상태가 되고 말았다.

세현은 가이아가 판게아에만 처박혀 있지 않았다면 그런 일은 일어나지 않았을 거란 생각을 가지고 있었다.

당연히 지금의 가이아에게 감정이 좋을 수가 없었다.

"어머나? 화가 많이 난 모양이네요? 그렇게 바깥 상황이 좋지 않은 건가요?"

가이아가 세현의 반응에 놀란 표정을 지으며 물었다.

# 가이아를 끌어내다

"하아! 뭐라 말을 해야 할지 모르겠습니다. 솔직한 심정으로는 가이아, 당신에게 실컷 욕이라도 퍼부어주고 싶지만 일단 참겠습니다."

세현은 가이아의 반응에 길게 한숨을 쉬면서 말했다.

"욕을 하고 싶다고요? 나에게? 어째서죠? 지금 상황이 그렇게 나쁜가요?"

가이아는 세현의 말에 깜짝 놀란 표정을 지으며 물었다.

"도대체! 판게아에 틀어박혀서 뭘 하고 있는 겁니까? 그 덜떨어진 에테르 코어와 노는 것이 그렇게 재미있습니까?"

세현이 결국 버럭 고함을 지르고 말았다.

"아? 그걸 어떻게 알았어요? 내가 요즈음 동생하고 놀고 있는 걸?"

그런 세현의 반응에 가이아는 재미있다는 듯이 웃는 얼굴로 물었다.

"진미선, 네가 이야기를 좀 해줘라. 네 세상에서 어떤 일이 벌어졌었는지."

세현은 그런 가이아와 얼굴도 마주하기 싫다는 듯이 고개를 돌리며 진미선에게 말했고, 진미선은 조용히 자신의 세상에서 벌어졌던 일에 대해서 이야기했다.

고철한이 거대 마법진을 작동시켜서 지구를 이면공간으로

끌어들이고, 그와 함께 지구 인류의 30%를 크라딧으로 만들어 버렸다.

그리고 그 후로 지속적으로 크라딧의 수가 늘어서 시간이 흐를수록 인류의 수는 줄어들고 크라딧의 수는 늘어나는 악순환이 계속 되었다.

그때, 가이아는 무엇을 하고 있었을까?

거대 마법진의 발동으로 지구가 이면공간으로 끌려들어 가고 인류 전체가 크라딧이 될 위기 상황에서 가이아는 지구가 이면공간으로 들어가는 것을 막지 못했다.

그나마 할 수 있었던 일이 크라딧이 될 운명인 지구 생명체들을 어느 정도 보호할 수 있었던 것이 전부였다.

그 후로 세현이 그쪽 차원의 고철한과 천공 필드를 박살 낼 때까지 가이아는 겨우 명맥만 유지하며 죽을 때를 기다리는 신세였다.

"천공 필드를 박살 냈다고 해서 지구가 다시 이면공간 밖으로 나갈 수 있었던 것은 아닙니다. 결국 지구는 이면공간에 속한 하나의 필드로 남게 되었단 말입니다. 그곳에서 가이아 당신은 이면공간을 유지하는 코어나 다름없는 신세가 되었지요."

세현은 진미선의 설명 끝에 그렇게 덧붙였고, 가이아는 세현의 말에 얼굴 표정이 완전히 지워져 버렸다.

"그러니까 지금 밖에서 그 일이 벌어지고 있다는 거군요? 그 거대 마법진인가 하는 것이 이면공간에서 준비되고 있고요?"

가이아가 확인을 하듯이 딱딱한 목소리로 세현에게 물었고, 세현은 느릿하게 고개를 끄덕였다.

"알았어요. 내가 미리 대비를 하겠어요. 걱정할 필요는 없을 거예요. 지구가 이면공간으로 끌려 들어가는 일은 절대로 없을 테니까요."

가이아는 단정적으로 잘라서 확언을 했다.

세현은 어떻게 가이아가 그렇게 자신할 수 있는지 묻지 않았다.

아무 준비도 없는 상황에서 거대 마법진이 작동을 한 상태에서 뒤늦게 나서서도 지구 생명의 70%를 구했던 가이아였다.

미리 대비한다면 지구가 이면공간으로 끌려 들어가는 일은 충분히 막을 수 있을 것이다.

"가이아 님, 죄송한데 한 가지 여쭤도 되나요?"

그 때, 진미선이 가이아를 보며 질문을 던졌다.

가이아는 그런 진미선에게 고개를 끄덕이며 말했다.

"무슨 질문인지 모르지만 해봐요. 대답할 수 있는 질문이었으면 좋겠네요."

"지구가 이면공간으로 들어가는 것은 막을 수 있다고 하셨는데, 그럼 지구 인류가 크라딧이 되는 것도 막아주시는 거죠? 그렇죠?"

진미선은 가이아에게 그렇게 묻고 있었지만 그것은 질문이 아니라 추궁이었다. 반드시 그래야 한다는 의미를 담고 있는 질문인 것이다.

하지만 가이아의 반응은 진미선이 바람과는 달랐다.

"모두를 구하진 못할 거예요. 지구를 지키는 것이 쉬운 일은
아닐 테고, 더구나 지구 전체를 둘러싸고 있는 이면공간들이 일
제히 돌연변이 기운을 지구로 쏘아 낸다면 그걸 완벽하게 막아
내는 것은 어려울 거예요."

"불가능하다는 건가요?"

어렵다는 가이아의 말에 진미선은 불가능한 거냐고 물었다.
그리고 가이아는 표정 없는 얼굴로 입을 다물고 대답을 하지
않았다.

"그 에테르 코어와 노는 것이 그렇게 재미가 있습니까? 지구
의 위기만 구해내고, 지구상에 살고 있는 생명들은 적당히 포기
할 정도로요?"

그때, 세현이 가이아를 보며 가시가 솟은 목소리로 물었다.

"진세현, 그대가 다른 세상에서 경험한 것으로 내 사정을 어
느 정도 알고 있는 것은 이해해요. 하지만 나에 대해서 안다고
해서 그것으로 나를 판단하는 것은 삼갔으면 좋겠어요. 그대가
나에 대해서 불만이 있을지 모르지만 나도 그만한 이유가 있다
는 것을 알아줬으면 좋겠어요. 지금 내가 하는 일은 지구 전체
와 교환을 할 수 있을 정도의 가치가 있다고 생각하고 있어요."

가이아는 세현의 질책이 옳지 못하다고 여겼는지 굳은 목소
리로 세현에게 경고를 했다.

하지만 세현은 쉽게 물러날 수가 없었다.

그가 평행 차원에서 봤던 가이아는 제 책임을 다하지 못한 존재였다. 그리고 지금 이 자리에 세현이 오지 않았다면 가이아는 세현이 봤던 것과 같은 모습의 미래를 가졌을 것이다.

그럼에도 불구하고 가이아가 마치 스스로 모든 것을 할 수 있다는 듯이 말하는 것은 세현에겐 웃긴 일이었다.

"지금 하는 일이 가치가 있다고요? 그래서 거기에 신경을 쓰다가 나중에는 고철한 따위의 양분이 되어서 사라지려고요?"

세현의 말에 가이아의 아미가 꿈틀거리며 살짝 치솟았다.

뭔가 할 말이 있는 것 같았지만 세현은 가이아의 말을 기다리지 않고 계속 그녀를 몰아붙였다.

"왜요? 그런 일은 없을 거라고 하고 싶어요? 물론 지금 상황은 저쪽 평행 차원과는 많이 다르겠지요. 하지만 내가 여기 오지 않았다면 가이아, 당신은 저쪽 차원의 당신과 다를 것이 없었을 거란 걸 잊지 마세요. 지금 당신이 위기에서 벗어난 것은 당신의 힘이 아니라 나와 진미선이 여기에 왔기 때문에 가능했다는 걸 잊지 말라는 말입니다."

세현이 그렇게 말을 끝마치자 가이아는 뭔가 하려던 말을 하지 못하고 입을 다물었다. 그리고 한동안 세현을 노려보며 말이 없다가 크게 한숨을 쉬면서 말을 시작했다.

"휴우, 내가 적극적으로 나서지 않는다고 책망하는 것은 이해할 수 있어요. 그대가 경험했다는 평행차원에 대해서도 충분히 이해할 수 있어요. 하지만 그쪽 차원의 내가 뭔가에 골몰하고 있었다면 그것도 나름의 이유가 있기 때문이 아니었나요? 정말로 아무 의미도 없는 일에 빠져서 내가 그렇게 내 자신의 책임을 저버렸던가요?"

가이아는 절대로 그렇지 않았을 거라는 뜻을 담아 세현에게 물었다.

"가이아, 당신이 지금 에테르 코어를 통해서 영혼의 설계를 살피고 있음은 나도 알고 있습니다. 그리고 그것이 당신에게 무척 중요한 일이란 것도 압니다. 어쩌면 한 단계 높은 단계로 성장할 수 있는 실마리가 거기 있을 수도 있습니다. 하지만 거기에 매달리느라 자신의 본분을 잊었던 저쪽 평행차원의 당신을 기억하십시오. 해야 할 일을 먼저 하는 것이 옳을 거라고 저는 생각합니다."

"내가 이미 말하지 않았나요? 걱정할 필요 없다고 말이죠. 지구는 이면공간의 마법진으로부터 안전할 거예요."

"지구의 생명들은 안전하지 않겠지요?"

가이아가 지구의 안전을 이야기했지만 진미선은 다시 한 번 지구에서 살아가는 생명들에 대해서 이야기했다.

"가이아, 당신의 힘이라면 지구의 생명들도 안전하게 지킬 수 있지 않습니까?"

거기에 더해서 세현이 쐐기를 박듯이 물었다.

가이아는 세현의 물음에 또다시 답하지 않고 침묵을 지켰다.

"물론 그렇게 힘을 쓰면 가이아, 당신이 에테르 코어와 함께 진행하고 있는 실험에 지장이 있을 겁니다. 그만한 힘을 소비하면 이쪽 판게아에서 사용할 힘이 줄어들게 될 테니 말입니다."

세현은 가이아가 무엇을 하고 있는지 모두 알고 있다는 듯이 말했다.

"좋아요. 숨길 수도 없군요. 미래를 경험했다는 것은 참으로 무섭군요. 그래요, 지금 이곳 판게아에서는 새로운 실험이 진행되고 있어요. 영혼의 치유에 대한 거죠. 이곳에도 크라딧이 있다는 건 알고 있죠?"

가이아가 세현에게 물었다.

"알고 있습니다."

"그럼 그들의 수명이 200년을 넘지 못한다는 것이나 그들의 영혼이 그 즈음에 소멸을 맞이하게 된다는 것도 알고 있겠군요?"

"그렇습니다. 이전에 이곳에 왔을 때는 몰랐지만 지금은 크라딧들의 영혼에 문제가 있고, 그 때문에 그들의 영혼이 소멸을 맞이하게 된다는 것도 압니다."

"그래요. 그런데 재미있는 것은 에테르 코어가 만들어낸 에테르 기반 생명체들은 그런 수명의 제약이 없어요. 알고 있죠?"

"알고 있습니다. 그리고 최초의 에테르 코어가 영혼에 근접한 무언가를 만들어 냈다는 것도 압니다. 비록 시스템의 인정은 받지 못했지만."

세현도 아는 이야기였다.

"나와 동생은 크라딧의 영혼 훼손을 치유할 방법을 찾으면서 아울러 에테르 기반 생명체들의 영혼을 완전하게 만드는 방법도 모색하고 있어요. 그리고 어느 정도는 성과가 있었어요."

"성과가 있긴 하겠지요. 하지만 그 성과가 더 이상 앞으로 나가지 못하고 700년을 이어진다는 것도 알았으면 합니다. 적어도 저쪽에선 그랬습니다."

"아, 그런!"

가이아는 세현에 정말로 놀란 듯이 눈을 크게 뜨더니 곧이어 실의에 찬 표정으로 바뀌었다.

"좋습니다. 가이아, 당신에게 선물을 하나 하겠습니다."

그때, 그런 가이아에게 세현이 뭔가 희망을 주겠다는 어조로 말을 하며 왼손을 내밀었다.

그리고 세현의 천공기에서 돌연변이 에고 에테르 코어가 슬며시 모습을 드러냈다.

주먹 크기의 붉은색의 코어.

가이아는 뚫어져라 그것을 쳐다보았다.

지이이이이이잉!

그리고 뜻밖에도 가이아가 물을 주고 있던 나무가 먼저 반응을 보였다. 나무가 자신의 몸체를 감쌀 정도의 범위 안에 엄청난 밀도의 에테르를 뿜어내면서 하늘색의 에테로 코어를 만들어 냈다.

[우우우우우웅 웅웅웅.]

지이잉 지이이이잉 지이잉잉!

"이건… 굉장하군요. 동생과 많이 닮았지만 또 비어 있는 부분도 많은데… 그럼에도 불구하고 홀로 스스로를 유지하고 있군요. 어떻게 저렇게 부실한 영혼으로 버틸 수 있는지 신기하군요. 누구죠? 혹시?"

나무와 돌연변이 에고가 뭔가 의사소통을 하는 가운데 가이아가 세현을 보며 물었다.

"짐작하시는 것처럼, 가이아께서 동생이라고 하는 저 에테르코어에서 비롯된 녀석입니다. 잘 보시면 아시겠지만 가이아, 당신의 영향을 받아서 탄생을 했습니다."

"아! 그렇군요. 내가 가지고 있는 탄생의 기운을 받았어요. 그래서 생겨났군요. 동생에게서 나왔지만 그 힘은 내게서 비롯한 아이로군요."

가이아는 세현이 말하는 바를 어렵지 않게 찾아냈다.

"저 돌연변이 코어에 이것까지 더해서 드리겠습니다. 이 정도면 충분히 고철한의 공격을 완벽하게 막아줄 수 있을 겁니다. 그래도 크게 손해는 아닐 테니까 말입니다."

세현이 그렇게 말을 하는 순간 '팥쥐'가 에테르를 이용해서 뭔가를 허공에 입체 영상으로 만들어 띄웠다.

[우우우웅 우우웅 우우웅.]

제일 먼저 돌연변이 코어의 에고가 반응을 보였다.

지이이이잉 지이이이잉 지잉 지이잉!

"아, 멋있군요. 정말이지 이건… 굉장하네요."

이어서 나무와 가이아 역시 홀린 듯한 반응을 보였다.

"온전한 것은 아닙니다. 하지만 이것은 가이아, 당신과 여기 있는 이 돌연변이 코어가 700년을 연구한 결과입니다. 그것도 서로 떨어져 홀로 연구를 했던 결과를 통합해서 하나로 묶은 것이죠. 서로의 부족한 부분을 채워서 거의 완성에 가깝게 다가간 것입니다. 어떻습니까? 이 정도면 제 요구가 과하진 않지요?"

세현이 손짓을 해서 '팥쥐'가 만든 입체 영상을 한쪽으로 몰아내며 가이아에게 물었다.

영혼의 설계도라 할 수 있는 그것은 이미 가이아나 코어들이 수습을 했을 것이다.

그럼에도 세현이 그것을 이리저리 손짓으로 움직인 것은 그 설계도의 주인이 자신임을 은연중에 알리려는 것이었다.

내 것이니 이것을 쓰려면 그만한 대가를 치르라는 의미인 것이다.

"인정해요. 확실히 그래요. 우리는 진세현, 그대의 요구를 받아들이겠어요. 우리의 실험을 몇 단계는 진화시킨 대가로 그 정도는 충분히 해줄 수 있는 일이에요. 이면공간에서 지구를 노리는 크라딧 코어의 도전은 실패할 거예요. 그리고 지구상의 생명들도 대부분 무사할 거예요."

"완전하진 않을 거란 말씀이군요?"

가이아의 말에 한동안 입을 다물고 있던 진미선이 물었다.

"어쩔 수 없는 일이에요. 외부로부터의 침입을 완벽하게 막아
낸다는 것은 거의 불가능해요. 지금 지구는 에테르 기반 생명
체의 침입도 완벽히 막아내진 못하고 있어요. 거기에 크라딧 코
어까지 가세하는 거라서 어쩔 수 없어요. 하지만 피해를 최소한
으로 할 거란 약속은 하죠. 최선을 다해서."

가이아는 그렇게 '약속'이란 말로 세현과 미선을 안심시켰다.

세현은 가이아의 말을 듣는 순간 뭔가 해냈다는 표정과 함께
깊은 안도의 한숨을 쉬었다.

Chapter 7

### 아는 자(者), 모르는 자(者)

"함께 가지 않을 건가?"

"내가 그래야 할 이유가 있어? 그건 너희들과 크라딧의 싸움이야. 나는 그 싸움과 상관이 없지."

"상관없는 싸움에 끼어든 것이 너희들이었잖아."

"그래서 그동안 네가 하는 일을 도왔잖아. 그 정도 했으면 된 거 아냐? 아니, 그게 아니라도 이젠 날 그냥 내버려 둬. 난 미도리와 함께 여기에 있을 거야."

올토아낙은 세현을 보며 단호하게 말했다.

판게아에서 가이아와의 거래가 끝나고 지구로 돌아가는 길에 세현은 판게아에 있는 실력자들에게 도움을 청했다.

그 실력자들은 당연히 네 명의 폴리몬과 미도리를 비롯한 크라딧의 지도부를 말하는 것이었다.

그들은 가이아의 실험 대상이 되어서 그동안 많은 변화를 겪었다.

크라딧들은 그들의 영혼 소멸을 막아야 했기에 가이아의 실험에 적극적으로 응했고, 폴리몬들은 미도리를 구해야 한다는 생각으로 호응을 했다.

판게아에 들어온 크라딧들은 애초에 블랙 크라딧이었다가 세현의 도움을 화이트 크라딧이 되었다.

하지만 화이트 크라딧이라고 해서 영혼에 생긴 문제가 해결이 된 것은 아니었다.

때문에 그들 모두가 200년 내로 사망과 동시에 영혼이 소멸될 처지였다.

가이아는 그런 크라딧을 상대로 영혼을 치유할 방법을 연구하고 있었으니 크라딧들이 가이아를 적극 지지하는 것은 당연했다.

"야, 솔직히 미도리를 비롯한 크라딧들도 모두 내게 빚을 지고 있는 거나 마찬가지잖아. 그런데 이런 식으로 나오면 내가 많이 섭섭하지."

세현은 지구의 문제는 알아서 해결을 하라며 세현의 도움 요청을 거부한 크라딧과 폴리몬들에게 크게 실망한 상태였다.

그나마 오래 함께했던 올토아낙에게 마지막으로 도움을 요청

했지만 올토아낙 역시 이렇게 딱 잘라 거절을 한 것이다.

"행성 코어가 나서기로 했다며? 가이아 말이야."

"그렇다고 해도 완전한 방어는 불가능하다잖아."

"그래도 크게 위험하지는 않을 거 아냐. 그런데 굳이 나나 여기 있는 사람들까지 끌고 나가야겠어?"

"그동안 실력들이 많이 늘었잖아. 거의 초인에 올라선 사람만 몇이냐?"

세현은 크라딧이나 폴리몬을 그냥 묶어서 사람이라 불렀다.

가이아의 판게아에선 가이아의 권속인 이종족이나 크라딧, 폴리몬을 모두 사람이라고 부르고 있었기 때문이다.

"네가 아무리 그래도 우리를 강제할 수는 없어. 그리고 우린 네게 확실하게 거절의 뜻을 전했고."

올토아낙은 세현이 다시 같은 말을 시작할 것 같은 느낌이 들자 곧바로 확실한 선을 그었다.

세현은 그런 올토아낙을 잠시 바라보다가 살짝 한숨을 쉬고는 물러날 수밖에 없었다.

"그리고 솔직히 가이아도 우리가 밖으로 나가는 것을 달가워하지 않아. 우린 이곳 판게아에 속한 존재들이야."

올토아낙이 그런 세현에게 다시 한 번 못을 박듯이 말했다.

"그래. 알았다. 너희는 이곳에 속한 이들이라고 기억하지."

세현은 그렇게 말을 하고는 올토아낙에게 등을 보였다.

가이아는 자신을 잠식했던 에테르 코어의 공격을 세현의 도움을 받아서 극복할 수 있었다.

그리고 그 후, 에테르 코어를 완벽하게 제압했지만 소멸시키지 않고 자신의 내면 한쪽에서 관리했다.

그러다가 에테르 코어를 따로 분리해서 판게아를 유지하는 핵으로 삼았다.

그것이 세현이 봤던 나무였다.

사실 세현은 저쪽 평행차원으로 갔을 때, 거대하게 자란 나무를 보았었다.

그때도 그 나무는 판게아를 유지하는 핵의 역할을 하고 있었고, 가이아를 도와서 영혼의 설계도를 만드는 일을 하고 있었다.

사실상 세현이 이번에 가이아에게 넘겼던 영혼의 설계도는 그때에 세현이 얻었던 것이 포함되어 있었다.

세현이 천공탑을 공략해서 무너뜨리면서 얻었던 것과 가이아가 판게안에서 연구했던 것을 합쳐서 이번에 세현이 가이아를 설득하는 수단으로 썼던 것이다.

[굉장하지 않아요? 이건 정말 대단해요.]

[하지만 이것도 완벽한 것은 아닌 것 같습니다.]

[맞아요. 이것 역시 시스템의 인정을 받지 못하고 있어요.]

가이아 곁에는 초록색의 나무와 붉은색의 코어가 자리하고 있었다.

에테르 코어와 돌연변이 코어가 가이아와 함께 있는 것이다.

그들은 세현이 제공한 설계도에 따라서 영혼을 제작하는데 성공했다.

하지만 완벽하다고 생각했던 설계도도 그들이 원하는 결과를 만들어내지는 못했다.

완성된 영혼이 시스템의 인정을 받지 못하고 내쳐진 것을 확인했다.

[정말 알 수가 없군요. 어째서 시스템은 이것을 인정하지 않는 걸까요?]

가이아는 손바닥 위에 놓여 있는 흰색의 덩어리를 바라보며 중얼거렸다.

그것은 간혹 하얀빛을 내뿜을 뿐, 아무 움직임도 없이 가이아의 손바닥 위에 놓여 있었다.

[그러게요. 완벽한 것이 아니라고 하긴 했지만 솔직히 어느 한 곳도 손댈 곳이 없어요. 이걸 다시 손보려면 얼마나 많은 시간이 필요할지 모르겠어요.]

[맞아요. 그가 700년 후 미래에서 이것을 가지고 왔다는 말이 이해가 되요. 정말 그 정도의 시간은 있어야 이것을 제대로 파악할 수 있을 것 같아요.]

[조금 과장되긴 했지만 오랜 시간이 필요하긴 하겠군요. 거기

다가 그 시간은 단지 이것을 파악하는데 필요한 시간일 뿐, 문제를 찾아 개선할 수 있으리란 장담은 할 수가 없어요. 이건 지금으로선 완벽하게 보이니까요.]

가이아는 손바닥 위에 놓인 영혼을 살짝 위로 던졌다가 다시 받기를 반복했다.

민들레의 홀씨를 손바닥에서 가지고 노는 듯이 영혼을 다루는 가이아였다.

그러다가 가이아가 허공으로 영혼을 던지고 신경을 쓰지 않자, 영혼은 허공으로 녹아들듯이 사라졌다.

하지만 다른 둘은 그것에 대해서 걱정하거나 놀라지 않았다.

영혼은 가이아의 힘에 의해서 시각화되었을 뿐, 애초에 눈에 보이는 것이 아니었던 까닭이다.

지금 영혼은 원래의 모습으로 되돌아간 상태였다.

그리고 그런 영혼이 지금 그들 곁에는 수십 개가 떠돌고 있었다.

[그런데 크라딧 코어가 되었다는 그 고철한에게 더 기대할 것은 없겠지요?]

가이아가 돌연변이 코어를 보며 물었다.

붉은색의 코어는 잠깐 빛을 머금고 움직임을 멈췄다가 대답했다.

[그에게 남은 것은 그 자신의 의지와 내가 가지고 있었던 기억들뿐이에요. 그것은 내가 이곳에 와서 성장한 것도 담겨 있

지 않은 수준일 뿐이니 얻을 것은 없어요. 그리고 그의 능력으로는 내 기억들을 더 발전시키는 것도 어려울 거예요.]

고철한에 대한 돌연변이 코어의 평가는 가혹할 정도였다.

[그가 필요했던 것은 그의 영혼이 나에게 꽤나 잘 어울렸기 때문이에요. 파장이 맞는다고 할까요? 하지만 세현이란 인간의 설계도는 고철한에게서 얻을 수 있는 것 이상으로 내 영혼을 채워줄 수 있었어요. 그래서 지금 내가 여기에 있는 거죠.]

[그렇다면 그쪽은 신경을 쓰지 않아도 되겠군요.]

[하지만 그가 만들고 있는 거대 마법진에 대해선 가이아 님이 책임을 지신다고 하셨잖아요.]

가이아의 말에 에테르 코어가 약속을 상기시켰다.

[물론 그건 내가 해결해야죠. 꽤나 큰 힘을 써야 하겠지만 영혼을 연구하고 실험을 하는데 필요한 에너지를 크게 아낄 수 있었으니까요. 거기다가 사실상 큰 위기를 무사히 넘기게 해준 공도 잊으면 안 되겠지요. 이번이 벌써 두 번째이기도 하고.]

가이아는 세현의 도움을 잊지 않고 기억하고 있었다.

그리고 그런 빚이 아니더라도 행성 코어로서 당연히 자신이 책임진 행성에 대한 외부의 공격을 방어할 의무가 있었다.

다만 그 의무의 범위가 이번에는 꽤나 넓다는 것이 문제였지만 약속을 어길 의지는 전혀 없는 가이아였다.

\*          \*          \*

"그래서 뭡니까? 지금 그 크라딧 이면공간을 공략해야 한다는 겁니까?"

"그렇습니다. 이번에 진강현 천공기사와 그 일행이 천공 필드에 잠입해서 적들에게 커다란 피해를 입히고 나왔습니다. 덕분에 백팔 이면공간에 대한 에테르 통제가 많이 약해진 상황입니다. 이런 때에 동시다발적으로 공격을 시작한다면 큰 성과를 거둘 수 있을 겁니다. 아울러서 여러분도 아시는 그 거대 마법진을 약화시킬 수도 있고 말입니다."

재한이 회의장의 발언대에서 목소리를 높여서 이면공간 공략의 필요성을 역설하고 있었다.

재한은 세계의 정부 관계자와 길드 대표들을 한곳에 불러서 천공탑 공략에 대한 필요성을 역설하고 있는 중이었다.

"제가 한마디 하겠습니다. 솔직히 그 거대 마법진의 존재도 명확하지 않은 상태에서 미래 길드 고재한 천공기사의 주장은 믿기가 어렵습니다. 물론 그 사이에 이런저런 검증 과정을 통해서 거대 마법진의 일부로 볼 수 있는 에테르의 흐름은 파악이 되었습니다. 하지만 그것이 곧 거대 마법진이라고 확언할 수는 없는 것이 사실 아닙니까. 그런데 그 마법진이 지구를 이면공간으로 끌어들이고 아울러서 지구의 모든 생명체를 에테르 기반 생명체, 그중에서도 크라딧으로 만든다는 것을 어떻게 믿을 수 있습니까?"

하지만 재한의 주장은 곧바로 돌아온 반박에 막혀버리고 말았다.

재한은 그들에게 세현이 평행 차원을 다녀왔으며 그곳이 지구의 700년 후였다는 말을 할 수가 없었다. 그런 말을 한다면 지구 인류의 대부분이 헛소리라고 치부하며 비웃을 것이 분명했다.

사실을 말하는 것이 도리어 사람들의 비웃음과 반감만 살 것이 분명하니 재한으로선 답답하기 짝이 없었다.

"거기다가 듣자 하니 진세현 미래 길드 마스터가 가이아라는 지구 행성 코어를 만나기 위해서 판게아란 공간으로 들어갔다는 소리가 있더군요. 물론 공식적은 것은 아니지만 말입니다."

재한이 답답한 마음에 어금니를 깨물고 있을 때, 회의 참석자 중에 한 사람이 세현에 대한 이야기를 꺼냈다.

"음, 진세현 미래 길드 마스터가 행성 코어를 도와서 에테르 코어의 침략을 막았다는 이야기는 이전에도 했었지만 여러분들이 믿을 수 없다고 해서 그냥 넘어갔던 일이 있습니다. 그리고 지금 진세현 미래 길드 마스터가 판게아로 간 것에 대해서도 여러분께 어떤 말도 할 수가 없습니다. 그것이 사실이라고 해도 믿지 않을 것이고, 또 사실을 거짓이라고 할 수도 없으니 그저 노코멘트 하겠습니다."

재한은 가이아에 대한 이야기를 꺼낸 길드 대표를 노려보며 말했다.

그 대표가 가이아에 대한 이야기를 꺼낸 이유는 간단한 것이었다.

모두가 믿고 싶어 하지 않는 문제를 거론해서 재한의 주장에 마음이 쏠리는 것을 막겠다는 의도였다.

"이것 참, 곤란한 일입니다. 고재한 천공기사의 주장은 굉장히 극단적인 면이 있습니다. 그 거대 마법진에 대한 주장은 이전부터 계속 제기되어 왔습니다. 그리고 그로 인해서 인류는 위기감을 느끼며 많은 일들을 겪어야 했습니다. 그런데 지금은 그 마법진을 약화시키기 위해서 이면공간을 공략하자고 하면서, 또 한편으로는 판게아란 곳에 들어간 진세현 천공기사가 가이아란 행성 코어에게 그 거대 마법진을 막아 달라고 요청할 거라는 소문이 돌고 있습니다. 이러다가 어느 날, 거대 마법진을 가이아란 행성 코어가 막아 냈다고 하는 것은 아닙니까? 결국 그렇게 되면 우리들은 거대 마법진이 작동을 했는지 아닌지도 모르면서 고재한 천공기사의 말을 그대로 믿어야 한다는 거지요. 이건… 마치 사기 같지 않습니까?"

"듣고 보니 그렇군요. 지금 미래 길드에서 있지도 않은 거대 마법진과 행성 코어를 내세워서 인류를 불안에 떨게 만들면서 권력을 잡으려고 수를 쓰는 것은 아닌가 하는 의심이 드는군요."

한 번 제기된 의문은 한 단계 진화한 의심으로 바뀌고 있었다.

하지만 모든 이가 고재한에게 적대적인 것은 아니었다.

"무슨 말들을 그렇게 하는 겁니까? 지금까지 미래 길드가 우리 지구 인류에게 얼마나 많은 도움을 줬는지 잊었단 말입니까? 설마하니 화이트 크라딧이나 인펙션 크라딧이 그냥 나왔다고 생각하는 겁니까? 그 시초가 어디였는지 벌써 잊은 겁니까?"

"그렇습니다. 솔직히 미래 길드가 크라딧에 대한 노선을 설정하는데 큰 도움을 준 것은 사실이고, 또 크라딧이 지구 인류에게 위협적인 존재인 것도 사실 아닙니까. 그런 상황에서 지금 우리가 크라딧의 이면공간을 공략하자는 것은 그것이 거대 마법진과 상관이 없더라도 당연히 해야 할 일이 아닌가 싶습니다만."

"거, 그런 식으로 미래 길드를 감쌀 일이 아닙니다. 아까도 누가 말을 했지만 거대 마법진에 대한 의혹 제기에서부터 미래 길드가 뭔가 커다란 사기극을 꾸미고 있다고 볼 수도 있지 않습니까? 솔직히 증거도 없이 말로만 하는 것이나 진배없잖습니까."

"거대 마법진에 대해서는……."

"그래도 미래 길드가 지금까지……."

"행성 코어의 존재는 이미 투바투보에 다녀온 이들로부터……."

"그것도 진세현 천공기사가 끼어 있는 거 아닙니까? 그래서야 어디 의혹을 씻을 수가 있겠……."

재한은 발언대에 선 상태로 회의장 여기저기서 오가고 있는 말싸움을 지켜보았다.

'아는 사람과 모르는 사람. 때로는 무언가를 알기 위해서 그 만한 자격이 필요한 법이지. 그렇게 따지면 저들 대부분은 그 자격도 없는 이들인 셈이지. 하지만 저 사람들이 여론의 주류 를 만들고 있으니 어쩌면 우리들은 희대의 사기꾼으로 남을지 도 모르겠군.'

재한은 그렇게 생각하며 고개를 저었다.

가슴이 답답해졌다.


### 이제 준비가 끝났다


세현은 진미선과 함께 판게아에서 지구로 돌아왔다.

진강현은 세현에게 일의 경과를 물었고, 세현은 고철한의 거 대 마법진을 가이아가 막아주기로 했다는 사실을 알렸다.

"그럼 이제 걱정할 것은 없겠구나."

진강현은 세현의 말에 한시름 놓았다는 표정으로 말했다.

"그렇긴 하지만 그게 또 문제가 될 것 같습니다."

하지만 재한은 세현이 판게아에서 올린 성과가 별로 마음에 들지 않는다는 듯이 표정이 어두웠다.

"왜? 무슨 일이야?"

세현이 물었다.

"네가 어떤 일을 했는지, 그것이 그들에게 얼마나 큰일인지를 사람들은 알지 못한다. 도리어 가이아가 거대 마법진의 발동을 완벽하게 막아내면 사람들은 아무 일도 없었다고 생각하고 살아가게 될 거다."

"그래서 그게 뭐?"

"그렇게 끝나면 좋겠지만 사람들은 지금까지 우리가 이야기했던 것들을 거짓이라고 할 거다. 한마디로 우리를 희대의 사기꾼으로 몰아갈 거란 말이지."

"뭐, 때가 되면 또 누군가가 판가아로 들어가서 가이아를 만나게 되겠지. 그럼 내가 했던 일들도 알려지지 않겠냐?"

세현은 별문제 될 것이 없다는 듯이 대꾸했다.

"언제? 그게 언제 그렇게 된다는 건데? 그때까지 너는 물론이고 우리들, 넓게는 미래 길드까지 모두가 한 묶음으로 묶여서 사기꾼이 될 텐데? 그걸 그냥 당하게 생겼는데 지금 웃음이 나오냐?"

재한은 세현의 미지근한 반응이 마음에 들지 않는지 목소리를 높였다.

"저도 조금은 마음이 편치 않아요. 도련님이 그동안 얼마나 고생을 했는지 알고 있는데, 그걸 사람들이 알지 못하는 정도가 아니라 도리어 거짓말을 했다고 손가락질을 받는 것은 말이 안 되는 거 아닌가요?"

공아현도 재한의 말에 동감을 표했다.

"그건 나도 별로 마음에 안 드는군. 내 동생이 사기꾼 소리를 들어서야 쓰나."

진강현도 상황이 마음에 들지 않는다는 듯이 인상을 찌푸렸다.

"진정하세요. 가이아도 거대 마법진의 충격을 완벽하게 막아 줄 수는 없다고 했어요. 그러니 뭔가 일이 벌어지게 된다면 사람들도 알게 될 거예요."

분위기가 나빠지자 재한과 강현, 아현을 진정시키기 위해서 진미선이 나섰다.

"하지만 그래봐야 그게 가이아가 막아서 그 정도란 사실을 사람들이 알지 못하면 똑같은 거 아닌가?"

하지만 진강현은 일이 벌어진 후에 사람들을 보일 반응을 추측하며 여전히 인상을 썼다.

"그만들 해. 까짓 사람들이 손가락질을 하거나 말거나 그게 무슨 상관이야? 이제 나는 내 할 일을 다 했다고 생각해. 그러니 앞으로 벌어지는 일은 나도 신경 쓰지 않을 거야."

결국 세현이 나서서 이야기의 매듭을 지었다.

"사람들의 인정을 받고 존경을 받는 것이 뭐가 그렇게 중요해? 손가락질 좀 받으면 어때? 그게 모두 쓸데없는 욕심일 뿐이야. 내가 무슨 종교를 만들 것도 아니잖아. 사람들로부터 에너지를 얻어서 그걸로 격을 높이는 방식으로 수련을 한 것도 아니고 말이야."

세현은 덧붙여서 그렇게 말을 했다.

"도련님, 그게 무슨 말이에요? 사람들로부터 에너지를 얻어서 격을 높이다니요?"

세현의 말에 공아현이 뭔가 깨달은 것이 있다는 표정으로 물었다.

"초인의 경지에 오르게 되면 그때부터 사실상 상위 차원으로 올라가는 길에 들어선 거라고 할 수 있습니다. 육체적인 능력도 능력이지만 그보다는 영혼의 수련이 일정한 단계를 넘어섰다고 봐야 하거든요."

"그건 알아요. 초인이 되어서 에테르를 자유롭게 다루는 것은 영혼의 수준이 높아지면서 얻게 된 부수적인 능력일 뿐이죠. 초인들이 시스템의 간섭을 받게 되는 것도 그 때문이죠. 상위 차원으로 갈 가능성이 생긴 영혼을 시스템이 알아서 관리를 하는 거니까요."

공아현도 세현의 말뜻을 알아듣고 대꾸를 했다.

"그런데 영혼을 단련시키는 방법은 무수히 많습니다. 그중에서 다른 사람들로부터 에너지를 얻어서 영혼의 수준을 높이는 방법들이 있는데 대표적으로 종교가 그렇지요."

"그러니까 사람들의 믿음이라는 것에서 힘을 얻는 방법도 있다는 거군요?"

공아현이 세현이 했던 말들을 종합해서 답을 만들어 냈다.

"맞습니다. 수많은 사람이 그 사람을 믿고 의지하면 거기서 나오는 정신 에너지를 받아서 자신의 영혼을 단련하는 거지요. 그게 종교 지도자들의 단련법이라고 할 수 있습니다. 물론 그

반대로 사람들의 고통과 좌절, 두려움 같은 것에서 에너지를 뽑아내는 이들도 있습니다. 빛이 있으면 어둠도 있게 마련이지요."

"무슨 말인지 알겠어요. 도련님은 애초에 그런 방식으로 수련을 한 것이 아니기 때문에 사람들의 인식이 어떻든 상관이 없다는 말이군요?"

"맞습니다. 이제 지구의 문제는 어느 정도 해결을 했으니까 앞으로는 제 자신의 수련에만 매진할 생각입니다."

"정확히는 세현이 자신이 태어난 지구에 갚아야 할 빚을 모두 청산했다고 보면 될 거예요. 세현은 이번에 평행 차원을 다녀오고, 가아아에게 고철한의 거대 마법진에 대한 경고를 하는 것으로 충분히 자신이 해야 할 바는 다했어요."

"진미선 후손, 세현이 지구에 갚아야 할 빚이 있다는 건 또 무슨 소리지요?"

진강현이 진미선의 말에 궁금증을 이기지 못하고 물었다.

"어느 곳에서 어떤 존재로 태어났건 그 탄생에는 무수한 인연들이 얽혀 있어요. 세현의 경우에는 지구에서 태어나면서 얽힌 수많은 관계를 가지게 되었지요. 그건 누구나 마찬가지일 거예요. 다른 곳에서 태어난 이종족들도 그들 나름의 태생적인 빛을 지게 되죠. 그런데 세현은 지금까지 이런저런 일들을 겪으면서 그런 빚을 완전히 청산했어요."

"그래서 빚을 청산하면 뭐가 좋은 거지?"

공아현이 물었다.

"어디에도 얽매일 필요가 없죠. 그러니 이 우주 어디를 가건 세현의 마음이란 소리에요. 당연히 한곳에 머물러 있는 것보다는 훨씬 다양한 경험을 할 수 있어서 영혼의 수련에도 훨씬 도움이 되겠죠. 세현은 이제 자유에선의 다른 관문들을 통과할 자격을 가졌어요."

"자유에선의 관문을?"

"그 관문을 지나는데 그런 자격이 필요했던가?"

공아현과 진강현이 깜짝 놀란 표정을 지었다.

그들도 자유에선의 관문들을 알고 있었지만 그 관문을 지나갈 수가 없었다.

그런데 지금 진미선에게서 관문을 통과할 수 있는 자격을 듣게 된 것이다.

"아니요, 그 관문은 때로 필요에 의해서 용병들을 통과시키기도 해요. 물론 일을 마치면 다시 본래의 자리로 돌아가야 하는 방식이고, 그것도 일정 수준 이상의 능력을 지닌 사람들에 한해서이지만요. 그런데 세현의 경우에는 그런 것이 아니라 언제든 자유롭게 관문을 드나들 수 있다는 거죠."

"뭐가 되었건 세현이, 네가 이제부턴 지구의 일에 나서지 않을 거라는 말이네?"

재한이 세현을 보며 대답을 요구하는 표정으로 말했다.

"당장에 내가 나서서 뭔가를 해야 할 일은 없을 거야. 고철한의 거대 마법진은 가이아가 알아서 할 거니까."

"그렇다고 고철한이 죽는 것은 아니잖아."

재한은 거대 마법진이 문제가 아니라 고철한이 문제라고 생각했다.

"그거야 지구의 사람들이 알아서 해야 할 문제지. 어차피 크라딧은 계속해서 생길 거고, 그에 따라서 고철한도 완벽하게 토벌하긴 어려울 거야. 뭐라고 할까, 인류의 골칫거리로 계속 남아 있을 거라고 해야 하나?"

세현은 그렇게 말을 하며 희미하게 미소를 지었다.

"야, 그게 재미있냐? 웃을 일이냐고!"

재한이 버럭 고함을 질렀다.

"나도 사람인데 죽어라 일만 하고 인정도 못 받으면 기분이 좋겠냐? 어느 정도 당해봐야 사람들도 뭔가 잘못되었구나 하는 것을 알겠지."

세현이 재한을 보며 그렇게 말을 하곤 고개를 돌렸다.

진강현과 공아현이 그런 세현을 보며 활짝 웃었다.

"우리도 이젠 좀 쉬자."

"맞아요. 한번 호되게 당해봐야 헛소리를 안 하겠죠."

진강현과 공아현도 앞으로가 기대된다는 표정으로 말했다.

*　　　*　　　*

고철한은 천공탑의 최상층 넓은 공동(空洞) 중앙에 수십 개의 계단 위에 놓여 있는 의자에 앉아 있었다.

그 의자의 등받이 위쪽에는 자력으로 부유하고 있는 붉은색의 에테르 결집체가 있었다.

—…이제야 겨우 모든 것을 내 손에 넣었다.

의자에 비스듬히 앉아서 주먹으로 뺨을 받치고 있던 고철한이 중얼거렸다.

그는 오래 시간동안 동반자였던 돌연변이 에테르 코어와 대화를 나누었던 버릇 때문에 혼잣말이 많아졌다.

—천공탑은 물론이고 이면공간의 마법진도 어느 정도는 활용할 수 있게 되었으니 앞으로 외부의 침입은 걱정할 필요가 없다. 그놈만 아니라면.

고철한은 '그놈'이란 말을 하면서 눈빛을 번뜩였다.

그가 말하는 그놈, 진세현은 공간 이동을 자유롭게 하는 능력을 지니고 있었다.

그것도 같은 이면공간 내에서의 이동이 아니라 전혀 다른 곳에서 이면공간 안쪽으로 공간 이동을 할 수 있는 능력이었다.

이전에도 그 능력을 이용해서 천공탑까지 들어왔던 것을 고철한은 잊지 않았다.

아니, 잊을 수가 없었다.

그 때문에 오랜 동반자를 잃었고, 또 덕분에 엄청난 힘을 자신의 것으로 만들 수 있었다.

애초에 자신과 그 동반자가 거대 마법진을 이용해서 하나가 되었다면 어떻게 되었을지 모를 일이다.

둘의 결합이 완벽히 새로운 존재의 탄생일 거라고 자신하고 있긴 했지만 그래도 지금의 자신과는 달라도 뭐가 달라졌을 것이다.

그렇게 보면 동반자였던 돌연변이 에고가 그냥 사라진 것이 호재라고 볼 수도 있었다.

─더 나아졌을지도 모르지만 그걸 욕심내다가 내가 아닌 내가 되는 것보다는 나은 거지. 지금 이 상황은 나쁘지 않아. 아니, 오히려 좋다고 해야겠지.

고철한은 그렇게 중얼거리다가 비스듬한 몸을 바로 세우고 양손으로 팔걸이 끝을 잡은 상태로 눈에 힘을 줬다.

고오오오오오오오─!

그가 마음먹고 에테르를 움직이기 시작하자 천공탑 전체가 그의 의지에 지배를 받는 에테르에 휩싸이기 시작했다. 그리고 그가 앉았던 의자에서부터 붉은색으로 빛나는 선이 그어지기 시작했다.

의자에서 계단을 타고 내려간 선은 공동의 바닥 전체로 거미줄처럼 퍼지면서 기기묘묘한 모양들을 만들어냈다. 그리고 그 선은 공동의 벽으로 파고들어가서 결국 천공탑의 외벽에까지 모습을 드러냈다.

멀리서 보면 천공탑의 최상층에서부터 아래쪽으로 조금씩 붉은색의 피가 흘러내리는 것처럼 천공탑 전체가 붉게 물들기 시작했다.

하지만 가까이에서 보면 그 붉은색의 선은 다름 아닌 마법진이었다.

고철한의 의지를 받아서 천공탑에 저장된 에테르들이 마법진으로 흘러가 채워지기 시작한 것이다.

천공탑에 거주하고 있던 크라딧들도 그 변화를 알아차렸다.

그리고 저마다 흥분과 기대가 가득한 얼굴로 고철한이 있는 탑의 최상층 쪽으로 고개를 들었다.

비록 건물 천장 때문에 고철한의 모습을 볼 수는 없어도 그곳에 자신들의 지도자가 있음을 다시 한 번 마음에 새기는 행동이었다.

고오오오오오오!

—크으음. 역시 쉽지 않군. 단번에 할 수 있는 일이 아니야.

고철한은 한동안 마법진에 에테르를 밀어 넣다가 힘겨운 목소리로 중얼거렸다.

—그래도 천공탑은 마무리했군. 이젠 이면공간에 있는 마법진들을 되살려야지. 에테르는 충분하다. 조심해야 할 것은 그 에테르를 안전하게 통제하는 것이지. 그리고 일이 끝날 때까지 방해를 받지 않아야 한다는 거고.

고철한은 무엇보다 세현의 난입이 걱정이었다.

물론 세현이 천공탑에 나타날 경우, 그를 막기 위해서 준비해 놓은 것이 있었고, 또 그 준비에 자신도 있었지만 그래도 세현의 난입으로 방해받고 싶지는 않았다.

─마법진에서 나와 그 에테르 코어가 하나가 되기 위한 부분을 수정해서 마법진의 위력을 세 배로 끌어 올렸다. 그놈이 미래에서 어쩌니 저쩌니 했지만 내가 이렇게 마법진을 바꿨다는 사실은 알지 못하겠지. 크하하하! 네놈이 아는 것과 다른 상황이 벌어질 때 네놈이 놀라는 모습을 보고 싶군.

우우우우우웅. 우우우우웅. 우우우웅웅웅.

의자에 앉은 고철한이 크게 웃으며 말을 하자 등받이 위쪽에 둥둥 떠 있던 에테르 결집체도 함께 진동을 했다.

사실상 의자에 앉아 있는 고철한은 에테르로 만들어진 인형일 뿐이었다.

이제 고철한은 에테르 결집체, 즉 코어의 모습이 본체라고 할 수 있었다.

물론 그 본체조차도 천공탑 전체에 깔려 있는 시스템의 일부일 뿐이지만.


### 발등에 불 떨어져야 뜨거운 줄 안다


피곤한 하루 일과를 마치고 퇴근을 서두르던 김 과장은 아파트 주차장에 차를 세우고 아파트로 들어가기 위해 걸음을 옮기다가 오랜만에 하늘을 쳐다봤다.

천공기사가 나타나고 에테르 기반 생명체가 나타나면서 지구는 몸살을 앓았다.

하지만 김 과장이 생각하기에 그 몸살은 지구에 살고 있는 생명체들, 그중에서도 특히 인간들에게나 가혹한 형벌이었지, 지구 자체에겐 그다지 나쁠 것도 없었다.

지금만 봐도 그렇다.

도심 한가운데에서 밤하늘을 올려다봐도 대기 오염의 흔적이 전혀 없다. 지상에서 쏟아지는 밝은 빛 때문에 쏟아질 것 같은 별들의 흐드러짐은 없어도 투명한 빛깔의 별빛들이 제법 선명하다.

요즈음 김 과장이 밤하늘을 자주 올려다보는 것도 그렇게 깨끗한 하늘이 주는 묘한 감동 때문일 것이다.

"어? 저, 저게 뭐야?"

하지만 오늘 김과장이 바라본 하늘은 평소의 그것과는 달랐다.

지금 막, 어두운 밤하늘에 붉은빛의 선이 생기더니 조금씩 그 선들이 영역을 넓혀가고 있었다.

검은 하늘에 붉은 선이 번져가는 모습에 김 과장은 입을 헤벌리고 멍청한 표정을 지었다.

"…뭐야? 저게."

"그러게? 저거 꼭 무슨 마법진 같지 않아?"

"그러네? 그런데 왜 붉은색이야? 불길하게."

"야, 저기 좀 봐. 저쪽에도 하나 생긴다!"

"어? 그러네? 아니다, 저쪽 지평선 쪽에도 생기나 보다. 붉은 색이 번지는 거 같은데?"

"하늘을 온통 채울 모양이야. 자꾸만 숫자가 늘어나는데?"

"도대체 뭐지? 무슨 일이 벌어지고 있는 거야?"

사람들이 모두들 거리로 뛰어나오거나 창에 매달려서 밤하늘을 점령해가는 붉은색의 선들을 쳐다보기 시작했다.

*        *        *

"이거 보이십니까?"

전면에 초대형 화면을 띄워 놓고 한 사람이 나서서 목소리를 높이고 있었다.

그리고 그 초대형 화면에는 이번에 밤하늘에 나타난 붉은색의 마법진이 띄워져 있었고, 지금 발언을 하고 있는 사내가 뭔가를 조작하자 새로운 화면이 기존 화면 위에 겹치듯 떠올랐다.

그리고 새로 떠오른 화면은 기존의 밤하늘 마법진과 겹치면서 한 치의 오차도 없이 맞아 떨어졌다.

"조금 전에도 말했지만 이거, 이게 바로 이전에 미래 길드에서 거대 마법진의 일부라며 우리에게 제공한 그것입니다. 이면 공간 몇 곳에서 직접 확인하고 작성한 에테르 통로들의 모습입니다."

발언자는 그렇게 말을 하며 의도적으로 완벽하게 일치해 있던 화면에서 뒤에 띄웠던 화면을 이리저리 움직였다.

그러다가 다시 그 화면을 밤하늘 마법진과 일치하게 겹쳐 놓은 후에 회의장의 사람들을 향해 돌아섰다.

"솔직히 나는 이 자리에 내가 와 있다는 것이 별로 달갑지 않습니다. 알고 있겠지만 미래 길드의 고재한은 진세현, 진강현, 공아현 이 세 사람이 더 이상은 지구의 위기에 대해서 신경 쓰지 않겠다고 선언했음을 밝혔습니다. 아울러 미래 길드 역시 모든 길드원들의 가족을 이면공간으로 이주시켰습니다. 그리고 지금은 길드원까지 속속 이면공간으로 몸을 감추고 있는 중입니다."

"아니, 그걸 말이라고 합니까? 그런 행동은 곧 인류에 대한 배신이나 다름없는 겁니다! 이런 위기 상황이 되었으면 어떻게든 지구 인류를 위해서 대책을 세우고 위기 돌파를 위한 노력을 해야 하는 거 아닙니까?!"

발언을 하는 중간에 앞쪽에서 터져 나온 고성에 말이 끊어진 사내는 눈썹을 찡그리며 자신의 말을 방해한 사람을 쳐다봤다.

"누구신지? 중국의 길드 연합 대표가 새로 바뀐 겁니까? 보아하니 그런 것 같은데 말입니다."

"그거야 우리 사정이지 태극 길드 마스터가 간섭할 문제가 아니지 않소?"

"하하하! 그건 그런데 며칠 전까지 활발하게 활동을 하시던 길드 연합 간부들이 전부 모습을 감췄다는 소리를 들어서 말입니다."

"그야 그쪽이라고 다를 게 없을 텐데? 그쪽도 힘깨나 있는 놈들은 모두 이면공간으로 사라지지 않았나? 그걸 그쪽 태극 길드에서 주도했다는 소리가 있던데? 그래서 당신도 이번에 길드 마스터 자리에 오른 거 아닌가?"

"뭐, 우리 길드 마스터께선 쓰레기 분리수거를 위해서 직접 나서서서 말입니다. 쓰레기 하치장에 함께 들어가서서 그들을 속인 것에 대해서 속죄를 하신다고 하시더군요. 그러니 우리 쪽은 신경 안 쓰셔도 됩니다. 우리는 이번 사태를 쓰레기들을 대거 치우는 방향으로 활용하고 있을 뿐이니까요."

새로 태극 길드의 마스터가 된 그는 이전에 세현과도 악연이 있었던 사람이었다.

젊어서부터 욕심이 많았던 그는 나이가 들면서 조금씩 세상을 바로 알아가면서 결국 태극 길드 마스터의 후계자가 될 수 있었다.

자칫 엇나갈 뻔했던 그를 잡아준 것이 세현이라고 전대 마스터는 무척 고마워했었다.

"그리고 미래 길드나 진세현 미래 길드 마스터의 가족에 대한 이야긴 그쪽에서 떠들 문제가 아니지요. 그분들이 결국 모습을 감춘 이유가 뭡니까? 당신들이 그분들을 거짓말쟁이 사기꾼으로 몰았기 때문이지 않습니까. 그런데 어쩝니까? 그분들이 말씀하신 것이 사실로 드러나고 있으니 말입니다. 저 뒤에 보이시죠? 이제 거대 마법진이 실제로 모습을 드러냈는데 어쩔겁니까?"

태극 길드의 마스터는 회의장에 있는 사람들 모두에게 비꼬듯이 말하고 있었다.

지구 인류를 위해서 엄청난 공을 세운 사람들을 거짓말쟁이에 사기꾼으로 만든 이유는 너무나도 뻔했다.

이제 위기는 끝난 것 같으니 영웅들이 가지고 갈 혜택을 주기 싫었던 것. 그리고 아울러서 미래 길드와 진세현 가족을 폄하함으로써 한창 성장하고 있는 대한민국까지 싸잡아 추락시키려는 의도였을 것이다.

그것을 뻔히 아는 태극 길드 마스터는 이 자리에서 그동안 쌓인 것을 모두 풀어내겠다는 듯이 목소리를 높이는 것이다.

"미래 길드의 고재한 천공기사가 주장했던 것처럼 크라딧 필드의 이면공간들을 공략해서 마법진을 파괴했었더라면 오늘의 위기는 없었을 겁니다. 그런데 여러분들이 그 기회를 발로 차버렸지요? 이런 일이 벌어질 거라곤 예상도 못하고 말입니다!"

"하지만 거대 마법진을 처리하기 위해서 진세현 미래 길드 마스터가 판게아로 갔다고 하지 않았습니까? 그리고 행성 코어를 만나서 그 문제를 해결하겠다고 했고 말입니다."

앞에서 또 다른 인물이 고함을 질렀다.

그는 미국의 거대 길드 중 하나를 대표하는 길드 마스터였다.

"언제요?"

태극 길드의 마스터가 정색을 하고 물었다.

"뭐? 뭐라고요?"

"아니, 언제 진세현 천공기사가 그런 일을 한다고 했습니까? 미래 길드는 물론이고 대한민국 정부와 길드 연합 어디에서도 그런 발표를 한 적이 없는데 말입니다. 도대체 누가 그렇게 말했습니까?"

"그거야 당연히 미래 길드에서 나온 이야기잖습니까. 거건 우리 모두가 알고 있는 사실입니다."

"그게 공식 발표였습니까? 그리고 그때도 여러분들은 그걸 헛소리라고 한 거 같은데요? 뭐 미래 길드의 일반 길드원들이 소설을 좀 썼던 모양이지요? 의외군요. 공식 발표도 아니고 뒷구멍으로 흘러가는 이야기를 여러분 같은 분들이 이런 자리에서 마치 사실처럼 이야기를 하시다니 말입니다."

미국 쪽의 발언에 태극 길드 마스터는 도리어 어이가 없다는 표정으로 말했다.

거짓말쟁이에 사기꾼으로 몰았던 진세현의 이야기를 마치 사실처럼 이야기하며 그것이 이루어지지 않은 것을 따지고 드는 상황이니 어이가 없을 수박에 없었다.

태극 길드 마스터의 말에 미국의 거대 길드를 이끌고 있는 마스터는 얼굴이 붉어진 상태로 대꾸를 못했다.

"지금 이런 이야기를 할 때입니까? 누구의 잘잘못을 따지기 전에 이 위기를 헤쳐 나갈 방법을 찾아야 하지 않겠습니까?"

이번에는 유럽 연합의 대표로 나온 프랑스의 외교 장관이 손을 들며 말을 했다.

어떻게든 소모적인 말싸움을 말려보겠다는 의도였지만 태극 길드의 마스터는 그것도 기분이 나쁜 표정이었다.

"왜요? 누구의 잘잘못을 따지는 것을 왜 나중에 해야 합니까? 솔직히 거대 마법진이 나타난 이 상황에서 우리들이 뭘 할 수가 있습니까? 그때, 고재한 천공기사가 경고하지 않았습니까? 천공탑의 통제력이 일시적으로 약해진 그때 공략을 시작하지 않으면 이후에는 아예 공략이 불가능할 거라고 말입니다. 우리가 파악하기로 지금은 그 백팔 이면공간이라는 곳의 3선에도 들어갈 수가 없습니다. 목숨을 걸고 그걸 확인한 대원들이 하나도 돌아오지 못했지요."

태극 길드의 마스터는 그렇게 말을 하며 침중한 표정을 감추지 못했다.

"당신들 중에서 얼마나 그 사실을 확인했는지 모르겠지만 우리는 이미 확인을 마쳤고, 저 거대 마법진에 대해서 우리가 할 수 있는 일은 없다는 결론을 내렸습니다. 그것이 우리 태극 길드를 비롯한 대한민국의 결정입니다."

"그, 그럼 이번 사태에 대해서 대한민국은 전혀 나서지 않을 거라는 말입니까?"

일본 대표가 떨리는 음성으로 태극 길드 마스터에게 물었다.

"혹시라도 여러분들이 어떤 돌파구를 만들어 낸다면 타당성을 따져서 함께할 용의는 있습니다. 하지만 미래 길드조차 빠진 상황에서 우리들이 일을 주도할 생각은 전혀 없습니다."

"미래 길드가 다시 복귀할 가능성은 없는 겁니까?"

"당신 같으면 다시 복귀하겠습니까?"

태극 길드 마스터는 그렇게 반문을 하고는 입을 닫았다.

회의장의 분위기는 순식간에 가라앉았다.

"이렇게 된 이상, 어쩔 수 없습니다. 일단 해볼 수 있는 일은 해봐야 하지 않겠습니까? 백팔 이면공간의 거대 마법진이 문제라면 그걸 깨부수는 수밖에요."

"맞습니다. 희생을 감수하더라도 당연히 해야 할 일입니다."

"그야 이를 말입니까. 그러니 이제부터 지구 전체의 힘을 모두 모아서 크라딧 필드는 물론이고 그와 연결된 이면공간들을 공략해야 합니다."

"커엄, 지금까지 밝혀진 세 곳의 크라딧 필드 이외에 새롭게 밝혀진 크라딧 필드를 숨지지 말고 공개합시다. 그래서 그쪽을 공략하고 아울러서 이면공간에 대한 공격 다양화를 꾀해 봅시다."

"사실 우리 쪽에서 파악하고 있는 크라딧 필드가 하나 있습니다."

"우, 우리도 크라딧 필드에 대한 좌표 하나를 확보하고 있습니다."

"그게 우리도……."

"뭐 이런 개 같은……."

태극 길드의 마스터는 돌아가는 상황을 보고 어이가 없었다.

크라딧 필드는 애초에 세 곳의 좌표가 밝혀져서 세현이 나서서 세 곳의 크라딧 필드를 점령했었다. 그리고 그 크라딧 필드가 궁극적으로 천공 필드에 에테르를 보급하는 역할을 한다고 밝혔었다.

그런데도 그동안 또 다른 크라딧 필드의 좌표를 확보하고도 알리지 않은 나라와 단체들이 수두룩했다.

물론 그들이 가지고 있는 좌표가 서로 중복될 경우도 있고, 같은 크라딧 필드에 다른 좌표를 가지고 있을 수도 있다.

하지만 분위기로 봐서는 적어도 대여섯 개 이상의 크라딧 필드가 공략 가능할 것 같았다.

'저걸 진작 밝혔으면 거대 마법진 작동에 필요한 에테르 수급을 그만큼 늦출 수 있었을 텐데… 욕심이 눈을 가렸어, 눈을!'

태극 길드 마스터는 그렇게 생각하며 발언대에서 물러나 회의장 밖으로 걸음을 옮기기 시작했다.

"태극 길드 마스터! 어딜 가는 겁니까?"

그러자 그 모습을 본 길드 마스터 중에 하나가 그를 불렀다.

"어딜 가건 당신들이 무슨 상관입니까? 크라딧 필드 좌표를 확보하고도 지금까지 숨겼던 것은 당신들이니 이제부터는 당신들이 알아서 하십시오. 우리 대한민국은 지금까지 해왔던 것만으로도 충분히 할 바를 다 했다고 생각합니다. 그리고 솔직히 지금부터 크라딧 필드를 공략하려는 당신들의 계획이 얼마나 성공을 할지 확신도 들지 않는군요."

태극 길드의 마스터는 그렇게 말을 하고는 곧바로 회의장을 떠났다.

뒤이어서 회의장의 숱한 사람들이 태극 길드와 대한민국 정부, 미래 길드에 대해서 성토를 했지만 그렇다고 뾰족한 방법도 없었다.

결국 그들끼리 크라딧 필드 공략 계획을 세우고 작전을 시작했다. 물론 그러면서도 그들은 차곡차곡 이면공간으로 도망갈 준비를 게을리하지 않았다.

그들이 지구를 지키려는 것은 지구에 그들의 기득권 대부분이 묶여 있기 때문일 뿐, 그들이 당장 지구에 닥친 거대 마법진의 위협에 노출되기 때문은 아니었다.

회의장에 있는 모두가 그것을 알고 있었다.

정말 위험한 상황이 되면 이곳에 있는 모두가 지구에서 모습을 감출 것임을.

그렇게 지구를 지키려는 계획은 지구를 언제든 떠날 수 있는 사람들에 의해서 세워지고 있었다.

Chapter 8

## 크라딧 쇼크

─지금까지 밝혀진 마법진의 수는 일백여덟. 이것은 과거 비공식적인 경로를 통해서 알려졌던 크라딧의 이면공간 숫자와 동일하면 또한 그 이면공간에 마법진이 구축되어 있다고 했던 진 모 천공기사의 주장과도 일치합니다. 그에 대해서 기자가 어렵게 만난 미래 길드의 관계자는 이미 진 모 천공기사가 크라딧의 우두머리이자 과거 천공 길드의 마스터였던 고철한이 지구 전체를 대상으로 하는 이와 같은 공격을 준비하고 있음을 경고한 바가 있다고 합니다. 그에 대해서 지금까지 진 모 천공기사에 대한 악의적인 유언비어들이 널리 유포되면서 오늘 이와 같은 심각한 상황을 미연에 대처할 기회를 버린 것은 세계의 지도

자들과 길드 마스터들이라고…….

"그래봐야 결국은 어떻게든 너를 끌어내리려고 하는 거다. 지금 상황에서 그나마 믿을 것은 너하고 진강현 천공기사님과 공아현 천공기사님 정도니까 말이지. 아직까진 이 지구상에 초인의 경지에 오른 사람이 그 이외에는 없으니까."

재한이 뉴스가 나오는 화면을 끄면서 맞은편 소파에 앉아 있는 세현을 보고 말했다.

"그보다 이면공간 러시라고 하나? 어때?"

세현은 그런 재한의 말에는 신경도 쓰지 않고 다른 것을 물었다.

"어떻게든 도망을 가려고 하지. 그런데 문제가 있다."

"문제라니?"

"이면공간으로 가는 것은 가능해. 이면공간 전송 장치를 이용하면 헌터는 물론이고 일반인들도 이면공간으로 가는 것이 가능하니까."

"그런데?"

"전에 진미선 씨가 그랬지? 지구와 직접 연결된 이면공간들이 거대 마법진이 발동된 순간 그 여파에 휩쓸려서 공간과 시간 사이로 사라졌다고 말이야."

"그래, 그랬지."

"그런데 그걸 아는 사람들은 거의 없거든?"

"그거야 따로 알린 적이 없으니까 그렇지. 아니, 그래도 몇 번은 이야기를 한 것 같은데?"

세현이 과거의 기억을 되새기며 말했다.

그의 기억에 분명 몇 번 정도는 거대 마법진 때문에 지구와 연결되어 있는 이면공간의 절반 정도는 사라진다는 이야기를 했던 것 같았다.

"하긴 했었지. 하지만 대부분 우리 미래 길드 안에서 했던 이야기야. 너는 어차피 외부 활동은 거의 하지 않잖아."

"아, 그런가?"

"그렇지. 거기다가 미래 길드 내부의 이야기는 특정한 경로가 아니면 밖으로 나돌지 않지. 그래서 거대 마법진 때문에 이면공간까지 위험하다는 사실은 거의 아는 사람이 없어."

"그런데 그게 왜?"

"이면공간 통로를 아무나 이용할 수 있는 것은 아니잖아."

"아, 그렇지, 통행증이 있어야 하지? 관리 시스템의 허락이 없으면 이면공간 사이를 이동하는 것이 불가능하… 그럼 그 많은 사람이 도리어 상황이 좋지 않을 수도 있다는 거냐?"

세현이 말을 하다가 깜짝 놀라서 물었다.

"이면공간 전송 장치 중에서 지구에서 몇 단계 거쳐서 도착할 수 있는 이면공간으로 갈 수 있는 장치는 거의 없어. 만들수는 있지만 그러자면 소비되는 에테르 주얼이 너무 많으니까. 대부분 지구와 직접 연결되는 이면공간으로 전송을 하지."

"…이게 알려지면 문제가 심각해지는 거 아니냐?"

세현이 고재한의 말에 걱정스러운 표정이 되었다.

"이걸 알게 되면 알아서들 선택해야겠지. 지구에 남을 것이냐, 이면공간으로 갈 것이냐. 확률로 보면 지구에 남으면 30% 확률로 크라딧이 되는 거고, 이면공간으로 가면 50% 확률로 공간과 시간의 미아가 된다고 할까?"

재한은 재미있다는 표정을 숨기지 않으며 말했다.

"미래 길드 관련자들은?"

세현이 물었다.

"당연히 지구에서 서너 단계는 건너야 하는 이면공간으로 옮겼지. 지구와 직접 연결되거나 한 단계 건너서 연결되는 이면공간까지는 아무것도 남기지 않으려고 하고 있다. 또 우리와 관계를 맺고 있는 이종족들에게도 상황을 설명하고 이주를 권장하고 있는 중이야. 뭐 어떤 이종족들은 아예 그 이면공간에 갇혀서 시스템이 이동을 허락하지 않는 경우도 있지만 그게 아니면 최대한 다른 곳으로 옮기라고 했지."

"이걸 뭐라고 해야 하나? 머리, 어깨, 허리에 힘주고 사는 놈들이 한꺼번에 호되게 당할 것을 생각하면 속이 시원하기는 한데, 그중엔 그래도 괜찮은 사람들이 있을 것 같아서 씁쓸하기도 하네."

"뭐냐 그건, 악인 백 명을 죽이기보다는 선인 한 명을 구하고 싶다는 뭐 그런 거냐?"

세현은 재한의 말에 쓴웃음만 지었다.

세상에는 두 가지 중에서 한 가지만 선택 가능한 경우의 수가 너무도 많았다.

이번에는 쓰레기 청소에 함께 쓸려나가는 재활용품들을 외면해야 할 듯하다.


—이곳은 뉴델리입니다. 지금 이곳에선 자신이 어떤 행위도 하지 않았는데 크라딧이 되었다고 주장하는 사람이 있습니다. 그는 뉴델리 3번가에서 빵집을 운영하는 사람으로 천공기사나 헌터도 아니고 따로 크라딧이 되기 위해서 불법적인 시술을 받은 적도 없다고 합니다. 그런데 그의 몸 일부가 에테르 생체 구조로 바뀌고 있다고 합니다. 그리고 검사 결과 그의 왼쪽 팔 전체가 에테르 생체구조로 되어 있다는 것이 검증되었습니다. 이제 그의 몸은 시간이 흐르면 계속해서 에테르 생체구조로 바뀔 것이고, 그것이 일정 수준에 이르게 되면 블랙 크라딧이 될 것입니다. 물론 인펙션 크라딧의 도움을 받을 수 있다면 그는 많은 사람들이 바라는 화이트 크라딧이 될 수 있을 것입니다. 하지만 독실한 천주교 신자인 그는 자신의 영혼이 더럽혀지고 200년 후에 소멸하게 되는 상황을 받아들일 수 없다며 분노하고 있습니다. 지금 그의 주장에 대해서 불법적인 시술의 처벌을 피하기 위한 쇼라고 하는 의견이 있는가 하면, 또 다른 한편으로는 지금 하늘에 나타나 있는 붉은색의 마법진이 만들어 낸 여파가 아닌

가 하는 추측도 있습니다. 하지만 그 어떤 주장도⋯⋯.

  ―새로운 소식이 들어왔습니다. 뉴델리에서 최초로 자연 발생 크라딧이라고 주장한 사람에 이어서 세계 곳곳에서 자신도 그와 같은 경우라며 나서는 이들이 속출하고 있습니다. 그동안은 혼자만의 비밀로 숨기고 있던 사람들이 뉴델리 사태를 기점으로 스스로를 드러내기 시작한 것으로 보입니다. 이에 대해서 전문가들은 이것은 확실히 자연 발생 크라딧으로 보아야 하며, 그 이유는 당연히 하늘에 나타난 마법진이라고 입을 모으기 시작했⋯⋯.

  ―거대 마법진에 의한 크라딧의 자연 발생은 세계를 혼란을 몰아가고 있으며 이에 급하게 지구를 떠나 이면공간으로 모습을 감추는 이들의 수가 급증하고 있습니다. 하지만 이와는 달리 인펙션 크라딧의 몸값은 천정부지로 솟아오르고 있습니다. 한편, 블랙 크라딧을 화이트 크라딧으로 바꿀 수 있는 인펙션 크라딧 중에서 몇몇은 자연 발생한 크라딧들에게 일정 대가를 치르면 화이트 크라딧으로 만들어주겠다며 대대적으로 인원 모집을 하고 있는 것으로 알려졌습니다. 이에 따라서 수많은 자연 발생 크라딧들의 그들의 주변으로 몰려들고 있습니다. 자연 발생 크라딧이 몸의 일정 비율 이상이 에테르 생체구조로 바뀌게 되면 인펙션 크라딧에게 시술을 받고 화이트 크라딧으로 태어나게 됩니다. 그 때문에 지금 사람들 사이에선 그렇게 화이트 크라딧이 되는 것도 나쁘지 않은 것 아니냐는 소리가 조심스럽

게 나오고 있는 중입니다.

　─오늘 미래 길드에서는 공식적으로 크라딧이 되는 경우 그 영생은 불가능하다고 밝혔습니다. 미래 길드 대변인에 따르면 크라딧이 되면 200년의 수명을 보장받지만 200년 후에는 영혼까지 소멸된다고 합니다. 이에 대해서 일각에서는 영혼의 존재 유무는 물론이고 그 소멸에 대한 어떤 증거도 내놓지 못하는 미래 길드의 발표는 무책임하다는 소리가 나오고 있습니다. 또한 이 상황에 처한 대부분의 사람은 200년의 수명 보장과 자신의 영혼을 놓고 갈등하고 있다고 합니다. 또한 미래 길드 대변인은 지금 일어나고 있는 변화는 시작에 불과하며 시간이 지날수록 더 많은 사람들이 돌연변이가 될 것이라고 말했습니다. 다만 결정적인 사태가 벌어지게 되면 이 지구를 책임지고 있는 행성 코어인 가이아가 나서서 사태를 막아줄 것이니 인류 전체가 재앙으로 멸망하는 일은 없을 거라며 희망적인 내용을 전하기도 했습니다. 이와 같은 미래 길드의 발표는……

　딸깍!

　"아직까지 지구가 이면공간으로 편입되는 어떤 징후도 없어. 다만 자연 발생 크라딧이 점차 늘어나고 있어서 그게 문제지."

　"어쩔 수 없지. 마법진이 작동하기 전에 그 여파만으로 그런 일이 일어나고 있는 거니까. 당장은 그걸 막을 방법도 없고."

　"그런데 만약에 하늘에 있는 저 마법진들이 그대로 유지가 되면 어떻게 되는 거냐?"

"음? 그거……."

세현은 재한의 물음에 등이 서늘해지는 느낌을 받았다.

지금 상황은 마법진이 작동 준비를 거의 마친 상황이다. 그런데 지금 상황이 이대로 유지하게 되면 지구는 지속적으로 돌연변이 마법진의 영향을 받게 되고, 지구의 생명체들도 조금씩 돌연변이가 될 것이다.

"시간을 오래 끌게 되면 곤란한 거 아닌가 싶어서 말이지. 길드에 속한 학자들도 그 가능성에 대해서 걱정하고 있거든. 마법진이 발동하면 그거야 네 말대로 가이아가 알아서 책임을 져주겠지만 발동을 하지 않고 저렇게 지속되면 곤란하지 않냐?"

재한이 다시 한 번 걱정스러운 표정으로 물었다.

"정말 그렇겠네?"

"그전에 가이아가 나서주지는 않을까?"

"지금 상황에서 나서긴 어렵지. 가이아도 격이 있어. 일정 수준이 아니면 함부로 나서서 간섭할 수가 없지."

"저 마법진들이 지구 전체를 둘러싸고 있는데 그 일정 수준을 넘은 것이 아니란 말야?"

"그래봐야 하루에 수백 명이 크라딧으로 바뀌는 정도잖아. 사실상 지구에 새로 태어나는 인구만 하더라도 그 수백 배는 되지 않겠냐? 그렇게 보면 저 마법진이 미관상 좀 나쁠 뿐이지 지구 자체에 엄청난 피해를 주는 것은 아니거든."

"그렇게 보면 틀린 말은 아니지만, 그래도 위험은 미연에 방지하는 것이 좋지 않냐?"

"그거야 가이아의 판단에 달린 거겠지. 그런데 지금까지 아무 조치도 취하지 않은 것을 보면 가이아는 지금 상황은 문제가 되지 않는다고 보는 모양이지."

"하긴 어떻게 생각하면 지금 상황이 조금 더 계속되는 것도 좋겠지. 그러다가 한 번에 뻥! 터지면 그 순간부터 인류의 역사는 새로 쓰이는 거겠지."

"역사가 새로 쓰인다니? 그건 또 무슨 소리냐?"

세현이 궁금하다는 표정으로 물었다.

"그거야 당연한 거 아니냐? 자그마치 지구 전체의 쓰레기 50% 정도가 사라지는 거라고. 그 정도로 인류를 정화할 수 있는 기회가 어디 있냐? 인류 역사상 그런 일은 없었다고 봐야지. 지금 대한민국만 봐도 그렇잖아. 머리, 목, 어깨, 허리에 힘주고 살던 사람들 대부분이 사라지고 없어. 이면공간으로 들어갔지. 거기다가 태극 길드에서 아주 작정하고 그런 쓰레기들을 한곳의 이면공간으로 몰았어. 전대 태극 길드 마스터도 거기에 자진해서 들어갔다더구만. 이 정도로 수질 정화가 된 세상이면 뭔가 나아지지 않겠냐?"

고재한은 꽤나 기대가 되는 표정을 짓고 있었다.

하지만 세현은 고개를 흔들었다.

"아니, 내가 보기엔 크라딧이 되기 위해서 남아 있는 사람들도 많을 거야. 영혼 따위가 무슨 상관이냐며 크라딧이 되어서 긴 수명을 얻고 싶어 하는 이들도 널려 있지. 그리고 네가 말하는 그 힘주고 산다는 놈들 중에도 그런 놈들은 많이 있을 거다. 그리고 결국 크라딧이 되지 못하면 불법 시술이라도 받겠지."

"뭐가 그렇게 비관적이냐? 그래도 수질 정화가 되기는 되는 거 아니냐."

"뭐 그렇게 믿고 싶으면 그렇게 믿던가. 그런데 너는 안 피하냐?"

세현이 재한을 보며 조금은 걱정스러운 얼굴로 물었다.

지구에 남아 있다는 것은 언제 크라딧이 될지 모를 부담을 안고 있다는 말과 같았다.

그런데도 재한은 지구에 남은 미래 길드의 마지막 잔류 인원과 함께하고 있는 것이다.

"그러는 너는?"

"지랄! 초인이 돌연변이를 일으키는 에테르에 영향을 받을 것 같으냐?"

"걱정 없다는 거냐?"

"뭐 그렇지."

"어떻게 그런데?"

"그야 외부에서 신체에 영향을 미치는 돌연변이 에테르를 자연스럽게 막아낼 수 있기 때문이지. 거기다가 몸으로 돌연변이 에테르가 들어와도 충분히 밀어낼 수 있고."

"하하하하. 그래, 그렇겠지. 하지만 나도 걱정 없다."

"응? 무슨 소리야?"

"지금 연구소에서 돌연변이 에테르를 막을 수 있는 방법을 개발하고 있다. 지금은 시험 가동하고 있고, 덩치가 크긴 하지만 시간이 조금만 더 있으면 소형화해서 개인이 소지하고 다닐 정도가 될 거다."

"뭐? 그게 무슨?"

"내가 이상하게 생각하는 것이 그거야. 돌연변이 에테르를 막을 수 있는 도구가 저쪽 평행차원에서는 왜 개발이 안 되었던 걸까?"

"그러니까 그걸 만들었다고?"

"맞아. 아주 특별한 기운이 필요하기는 한데, 그것만 있으면 돌연변이 에테르도 막을 수가 있더라고."

"특별한 기운이라고?"

세현은 재한의 말에서 뭔가 번뜩이는 것이 있었다.

그리고 곧바로 재한을 재촉해서 돌연변이 에테르를 막아내는 장치를 찾아갔다.

"역시 그랬군."

세현은 평행차원에서 어째서 이런 것이 개발되지 못했는지 알 수 있었다.

미래 길드 연구소에서 만들고 있는 장치는 에테르 주얼을 사용하기도 하지만 그보다 중요한 것이 있었다.

재한이 말한 특별한 기운, 그것이 있어야 돌연변이 에테르를 막을 수 있었던 것이다.

"가이아의 기운이다. 평행차원에서 이걸 못 만든 이유는 지구가 이면공간으로 끌려 들어가면서 가이아가 이 기운을 지구에 널리 펼치지 못했기 때문일 거다."

세현이 상황을 이해하고 말했다.

"이야, 그럼 가이아가 벌써부터 돌연변이 에테르에 대한 방책을 준비해 두고 있었다는 거네? 그걸 우리 미래 길드 연구소에서 최초로 밝혀낸 거고?"

재한이 자랑스러운 표정으로 말했고, 세현도 이번 일만은 충분히 인정하고 칭찬해 줄만 하다고 여겼다.

### 각자 해야 할 일이 있다

천공탑.

그 최상층에 고철한이 앉아 있었다.

─돌연변이를 만드는 마법진이 제대로 작동을 하고 있지만 미래 길드에서 돌연변이 에테르를 막을 수 있는 아티팩트를 만들었단 말이지.

에테르 생체구조로 이루어진 고철한의 몸은 의자에 깊숙하게 몸을 묻은 상태로 늘어져 있었다.

지금 고철한은 그 몸에 자신의 정신을 빙의시켜서 생활하고 있었다.

이미 천공탑 전체가 고철한 자신이라 할 수 있을 정도로 천공탑과 하나가 된 고철한이지만 오랜 세월 인간의 몸으로 살았던 익숙함을 버리지 못한 것이다.

물론 지금의 몸뚱이가 위험해지는 상황이면 곧바로 정신 빙의를 끊으면 그만이었다.

어디까지나 고철한의 본체는 이제 천공탑이었다.

─거기다가 크라딧이 되는 것을 막기 위한 궁극적인 방법을 연구한단 말이지? 복용하는 것으로 돌연변이 에테르의 진행을 막고 정상으로 돌릴 수 있는 치료제는 물론이고 아예 돌연변이 에테르가 몸으로 들어오는 것을 막아주는 예방약까지 만들어?

쿠르르르르르릉.

고철한의 심기가 불편해지자 곧바로 천공탑의 에테르가 반응을 보였다.

고철한은 크라딧의 지배자가 되고자 했다.

사실상 지금의 고철한은 지금은 그를 떠나고 없는 돌연변이에고 에테르 코어였다.

지구를 공략하기 위해서 에테르 코어 하나가 지구의 행성 코어인 가이아에 접속해서 잠식을 시도했다.

그런데 우연찮게도 지구의 행성 코어인 가이아는 다른 행성

들의 코어와는 조금 달랐다.

지구의 행성 코어 가이아는 우주의 탄생과 연관이 있는 창조의 기운을 약간이나마 품고 있었던 것이다.

지구는 사실상 우주의 제일 외곽, 변방이라고 할 수 있는 곳에 위치하고 있다.

그런데 그 사실은 매우 중요한 의미가 있는 것이다.

최초의 우주는 한 점에서 시작했다.

그 점이 폭발하면서 우주의 생성이 시작된 것이다.

그리고 그 후로 우주는 끝도 없는 팽창을 거듭하고 있다.

그렇다면 우주에서 최초로 생겨났던 것들은 어디에 있을까.

미련하게 우주의 중심에만 우주의 신비가 있으리란 생각은 굉장히 어리석다.

우주의 최초 탄생, 거기서 확장이 시작되었다면 처음 태어난 것들은 우주의 제일 바깥쪽에 있을 수밖에 없는 것이다.

그러니 지구에 우주가 탄생할 때 품었던 창조의 힘이 깃들어 있는 것도 이상할 것은 없는 일이다.

사실 지구가 생겨난 것은 우주가 만들어지고 나서도 까마득한 시간이 흐른 후였을 것이다.

하지만 어쨌거나 지구를 만드는데 사용된 재료들은 물론이고 지구의 행성 코어를 이루는데 사용된 기초적인 코드 역시 최초 우주 탄생에서 나온 것들임은 분명했다.

어쨌거나 중요한 것은 그 미묘한 창조의 기운이 가이아를 잠식하던 에테르 코어에게 영향을 주었고, 거기서 돌연변이 에고 에테르 코어가 탄생했다는 것이다.

그리고 그렇게 태어난 돌연변이 코어는 자신의 부족함을 채우기 위해서 진강현을 이용해 마법진을 실험하려 했고, 그 1차 시도는 진강현에 의해서 실패했다.

그리고 어쩔 수 없이 차선으로 다시 고철한을 이용하게 되었고, 이때는 서로 도움을 주고받는 계약 관계로 둘 사이의 관계가 정립되었다.

처음 진강현과 아무 거래도 없이 그저 이용만 하려다 실패한 경험을 반면교사로 삼아서 돌연변이 코어가 고철한과 계약을 맺었던 것이다.

하지만 이후로 일어난 많은 일들은 실제로 돌연변이 코어의 의지가 아니었다.

돌연변이 코어의 관심은 영혼를 연구하고 실험하는 것이었을 뿐이다.

다만 그것을 고철한이 도와주는 대가로 고철한의 욕망을 채울 수 있도록 도움을 주었다.

그리고 고철한은 크라딧이라는 새로운 종족의 지배자가 되고자 했고, 또 그 힘을 이용해서 우주 전체의 실력자가 되고자 했다.

그런데 지금 고철한의 힘이 되어줄 크라딧의 탄생 자체가 위협을 받고 있었다.

아무리 고철한이 천공탑의 힘을 가지고 있다고 해도, 그 천공탑을 받쳐주는 것이 이면공간들과 크라딧 필드였다.

그런데 지금 크라딧 필드 열둘 중에서 셋은 완벽하게 공략당했고, 나머지 아홉 중에서 몇 곳에도 지구의 토벌대가 심심찮게 들어오고 있었다.

물론 그곳에 있는 크라딧들과 몬스터들이 어려움 없이 막아내고 있기는 하지만 가랑비에 옷이 젖게 마련이다.

공격이 계속되면 결국은 숫자가 부족한 크라딧 쪽이 무너질 가능성이 컸다.

─하필이면 몬스터나 마가스, 폴리몬 같은 것을 만들 수단을 확보하지 못하다니…….

고철한은 정말로 아쉬운 듯이 중얼거렸다.

에테르를 이용해서 몬스터나 마가스, 폴리몬 등을 만드는 것은 에테르 코어가 지니고 있는 기본적인 능력이었다.

하지만 애초에 돌연변이 에고 에테르 코어는 그 기본 능력도 많이 떨어졌다.

가이아를 잠식하고 있던 에테르 코어의 불완전한 카피본인 돌연변이 코어는 그런 능력도 부족했던 것이다.

그런데 그나마 있던 그 능력조차 고철한에게 남기지 않고 가지고 떠나버렸다.

결국 고철한이 전력을 수급할 수 있는 제일 좋은 수단은 크라딧의 양산밖에 없었다.

그것도 크라딧을 만들고 그 크라딧을 고철한 자신의 수족인 어퓨 크라딧으로 만드는 것.

─정말 좋지 않군. 좋지 않아.

크라딧이 되면서 에테르 코어의 지배를 받게 되는 치명적인 문제를 해결하는 방법은 두 가지였다.

하나는 인펙션 크라딧의 도움을 받아서 화이트 크라딧이 되는 것이고, 다른 하나는 고철한의 백신의 도움을 받는 것이다.

둘 모두 에테르 코어의 노예가 되는 것을 피할 수 있고 나름대로 개개인의 이성을 지니고 독립적인 생명체로서의 삶을 살 수 있다.

하지만 어퓨 크라딧은 고철한에 대해서 큰 호감을 가지게 된다는 점이 문제였다.

게다가 그런 호감을 가진 이들만 무리를 짓게 되면 결국은 그 무리 속에서 고철한에 대한 맹목적인 광신의 분위기가 만들어진다.

사람들은 반복된 경험에 의해서 쉽게 세뇌가 된다.

그렇게 고철한의 호위병들이 만들어지게 되는 것이다.

─빌어먹을, 도대체 어떻게 치료제나 예방약을 만들어 내는 거지?

고철한이 버럭 소리를 질렀다.

그리고 천공탑은 다시 한 번 우르르릉 울었다.

　　　　　＊　　　　　＊　　　　　＊

"어떻게 하실 건가요?"

녹색 머리카락을 길게 늘인 여자가 테이블 위에 놓인 하얀 찻잔을 들어 올리며 물었다.

"돌연변이 문제는 제법 잘 대처를 하고 있는 것 같던데? 내가 뿌린 기운을 제대로 사용하고 있어. 시간이 좀 지나면 스스로 돌연변이가 되거나 되지 않거나 하는 것을 선택할 여건이 되겠지."

"결국 인간들의 자유 의지를 존중한다는 건가요? 가이아 언니?"

녹색 머리카락의 여자가 다시 물었다.

"당연하지. 나는 내 품에서 태어난 어떤 생명이라도 그 자율 의지를 건드리지 않기로 했어. 알잖아. 이곳 판게아에 있는 생명들은 사실상 내가 간섭을 해서 그들의 고유성을 잃었어. 영혼에도 약간의 문제가 생겼지. 그들이 격을 높이는 것은 정말 어려워. 이곳 판게아가 아니라면 더더욱."

"그게 미안해서 이곳 판게아를 만들어서 그들을 보살피는 건가요? 그래서 영혼의 격을 높일 수 있기를 바라면서요?"

"맞아. 때가 되면 이곳 판게아에 묶여 있던 영혼들도 하나씩 떠나겠지. 이 판게아 안에서의 윤회를 마치고 본래의 시스템, 그 품으로."

가이아는 그렇게 중얼거리며 조금은 회한이 담긴 눈빛으로 하늘을 바라봤다.

넓은 평원에 나무 한 그루만 서 있고, 나머지는 온통 키 작은 풀과 꽃들뿐인 공간이었다.

그 나무 앞에 티 테이블을 놓고 마주 앉은 녹색 머리칼의 여인과 가이아.

[그러면 지구를 이면공간으로 끌어들이려는 거대 마법진은 어떻게 하는 거죠?]

그때, 가이아의 발치에 엎드려 있던 갈색의 개 한 마리가 고개를 들며 물었다.

"네가 저질러 놓은 일이니 네가 해결을 하라고 하고 싶지만 그럴 힘이 없는 것 같으니까 봐준다."

"그래서 가이아 언니, 그건 어떻게 할 건데요? 가이아 언니는 가끔씩 그렇게 이야기의 핵심을 겉도는 경우가 있어요."

"뭘 그렇게 알고 싶은지 모르겠네. 그래, 알았다. 알았어. 그 고철한인가 하는 놈이 만약에 그 마법진을 작동시키면 그냥 그 기운을 튕겨 내면 그만이다. 물론 그 힘이 지구에 적용이 되지 않으면 지구와 연결된 이면공간들이 충격을 많이 받겠지만 그 거야 나와는 상관없는 일이지."

[그렇게 되면 지구와 연결된 거의 모든 이면공간에 문제가 생기게 되는데요? 전에 듣기론 저쪽 평행차원에서는 지구와 연결된 이면공간의 절반 정도에 문제가 생겼다고 했지만, 그건 그쪽

지구가 이면공간으로 끌려들어 가는 과정에서 생긴 반발 때문이었죠. 그런데 그걸 통째로 튕기면……]

"직접 연결된 이면공간은 물론이고 2선, 3선에 해당하는 이면공간까지 상당수가 영향을 받을 거야. 공간의 틈이나 시간의 비틀림에 휩쓸리겠지."

개의 말을 가이아가 받았다.

"언니, 그걸 알면서 그렇게 한다고요?"

"어차피 네가 나를 찾아오지 않았으면 이 지구가 이면공간과 연결이 될 일도 없었지. 이참에 그 연결고리를 좀 약화시킬까 하는 거다. 한 번 이어진 인연이 완전히 끊어지긴 어렵겠지만 그래도 지구에서 이면공간으로 넘어가는 통로를 대폭 줄여 놓을 필요가 있어."

"결국 고철한인가 하는 그자가 준비해 놓은 걸로 언니가 별 힘도 안 들이고 큰 효과를 보겠다는 그 말이네요?"

초록색 머리카락의 여인, 에테르 코어가 입술을 삐죽거렸다.

"너 때문에 벌어진 일이잖아. 이것아!"

"하지만 그게 우리들의 본능인 거죠. 태어날 때부터 그렇게 태어난 것을 가지고 무슨 죄인 취급은 곤란하다고요."

"너, 요즘 내가 좀 풀어주니까 까불어?"

"헹, 이 판게아는 이제 제가 관리해요. 언니가 뭐라고 해도 여긴 제 영역이라고요."

"그 영역 오늘 한번 박살 나 볼래?"

"그럼 언니가 예뻐하는 아이들이 많이 다칠 텐데요?"

"이게 한 마디도 안지고 꼬박꼬박 말대꾸야?"

"아얏, 내가 무슨 어린애도 아닌데 꿀밤이 뭐에요? 꿀밤이."

"시끄러 이것아!"

가이아와 에테르 코어가 그렇게 말다툼을 하는 발치에 돌연변이 코어의 변형인 누렁이 한 마리가 늘어지게 하품을 했다.

개의 모습을 하고 있는 돌연변이 코어는 가이아와 에테르 코어에게 구박을 받아서 개의 모습을 하게 되었다.

그동안 지구에서 몹쓸 짓을 많이 했으니 벌을 받아야 한다며 둘이서 돌연변이 코어의 모습을 그렇게 정해 버렸다.

하지만 돌연변이 코어는 그에 대해선 별 불만이 없었다.

어차피 중요한 것은 영혼의 완성, 그리고 더 나아가서 시스템에 영혼이 등록되고 발전 가능한 상태가 되는 것이었다.

[아무리 생각해도 모르겠는 건, 이 우주에 그토록 많은 영혼이 있는데 그들은 자신들이 시스템에 속해서 아득한 높이까지 진화가 가능한 존재라는 사실을 알지 못한다는 거죠. 거기다가 그런 사실을 진지하게 이야기해도 그게 뭐 중요한 거냐고 코웃음을 친단 말이죠. 이해할 수가 없어요.]

돌연변이 코어는 정말 그것을 이해할 수가 없었다.

자신은 오직 그것을 얻는 것이 목적인데, 그것을 가진 존재들은 가진 것을 하찮게 여기거나 아예 가지고 있는 줄도 모르다니.

"이런! 고철한이 성격이 급하네. 벌써 마법진을 움직이다니!"

그때, 엎드려 있던 돌연변이 코어가 벌떡 일어날 말을 가이아가 했다.

"시작된 건가요?"

녹색 머리카락의 여자, 판게아 세상의 코어도 깜짝 놀라서 가이아에게 물었다.

"그래, 거대 마법진이 발동되었다!"

가이아는 그렇게 대답을 하고는 홀연히 모습을 감추었다.

지구 전체를 이면공간으로 끌어들이려는 거대 마법진의 작동을 막아내기 위해 모든 힘을 집중하려니 외부에 만든 허상도 지울 필요가 있었던 것이다.

## 딥 임팩트

지구의 하늘은 붉은 마법진으로 빼곡하게 채워져 있었다.

또한 그 마법진 때문에 자연 발생 크라딧이란 새로운 침략이 지구 생명체를 위협하는 중이었다.

하지만 대부분의 지구 인류는 그 마법진이 돌연변이를 만드는 데에만 그치는 것이 아니란 사실을 이제는 알고 있었다.

언제부턴가 제기되었던 거대 마법진 위기설.

그 내용에 따르면 그 거대 마법진은 지구를 이면공간으로 끌어들이는 능력도 있었다.

아울러서 마법진이 발동하면 그 순간 지구 생명체 전체가 돌연변이가 되면서 지구는 이면공간의 필드로 자리 잡게 된다고 했다.

그 때문에 사람들은 불안에 떨었다.

혹자는 크라딧이 되는 것을 환영한다며 너털웃음을 짓기도 했다.

그리고 그런 자들은 대부분 곁에 인펙션 크라딧을 고용하고 있었다.

크라딧이 되더라도 화이트 크라딧이 될 수만 있다면 그걸로 충분히 만족스럽다는 이들이 많았다.

하지만 그렇게 자신의 돌연변이가 되기를 소망하는 이들은 그렇게 많지 않았다.

그런 소망을 가지기 위해선 적어도 자신이 블랙 크라딧이 되지 않을 대비가 되어 있어야 했기 때문이다.

자신도 화이트 크라딧이 되었으면 하고 바라는 이들이 적지 않겠지만 그들은 인펙션 크라딧의 도움을 받을 수가 없었다.

때문에 지구 인류 대부분은 거대 마법진이 정말로 발동되어서 재앙이 일어나는 것을 두려워했다.

그런데 그 두려움에 부채질을 하는 현상이 지구의 하늘에서 일어나기 시작했다.

"저거 봐! 마법진의 색이 변하고 있어!"

"뭐지? 색이 왜 저래?"

사람들의 시선이 하늘을 가득 채운 붉은 마법진으로 쏠렸다.

마법진은 조금씩 색이 옅어지고 있었다.

"사라지는 거야? 정말이야?"

"그런 거 같기도 하고!"

"야, 방송 나온다!"

"뭐? 방송? 뭐래? 저거 때문에 나오는 거지?"

"아직은 몰라. 그냥 마법진에 변화가 생기고 있다는 내용이
야. 그게 어떤 과정인지는 이야기가… 이, 이런 씨발!"

"왜? 왜 그러는데?"

"저거, 지금 마법진 색이 흐려지는 게 마법진이 사라지는 것
이 아니란다. 에테르가 과도하게 주입이 되면서 마법진의 붉은
에테르가 하얗게 변하는 중이래. 그러니까 빨간색 불이 온도가
높아지면 결국 백광으로 변하는 그거 하고 비슷한 거라고!"

"그, 그럼. 저거……"

"새꺄! 지금 마법진 발동하는 거란 소리잖아!"

"어, 어떻게 해? 엉? 어떻게 해?"

"시끄러, 새꺄. 이렇게 될 거 이미 알고 있었잖아. 언젠가 저
붉은 마법진이 뭔 짓을 할 거라고 알고 있었다고. 그런다고 우
리가 뭘 할 수 있어? 우린 이면공간으로 도망을 갈 수도 없는
신세라고. 있는 놈들이나 이면공간으로 튀고 있겠지. 나, 간다.
가서 가족들하고 함께 있을 거다."

"그, 그래. 가라. 휴우… 젠장, 저놈은 가족이나 있지. 난 몬스

터 웨이브에 모두 죽었는데… 젠장! 술이나 먹자."

그들의 말대로 마법진에 이상이 생긴 것이 알려진 순간부터 수많은 사람이 이면공간 전송장치로 몰려들었다.

이면공간 전송 장치를 이용하는 이들의 대부분은 돈과 권력을 지닌 이들 중에서 인펙션 크라딧을 고용하지 못한 이들이었다.

인펙션 크라딧을 고용하지 못했으니 크라딧이 될 경우 자아를 거의 잃고 에테르 코어의 노예가 될 수밖에 없었다.

하지만 그런 식으로 사는 것보다는 그래도 제정신으로 살고 싶은 이들이 대부분이었던 것이다.

"쯧, 저건 아주 난장판이네. 얼씨구? 주먹다짐까지 해?"

"너무 그러지 마라. 가족들을 살려보겠다고 저러는 건데."

"그래, 그래. 알았다. 비록 노블레스 오블리주와는 거리가 먼 인간들이지만 가족애라도 있으니 이해해 주지. 크크큭."

"웃기는 왜 웃냐?"

"저렇게 가 봐야 결국 절반 정도는 어딘지도 모를 공간이나 시간의 미아가 될 뿐이잖아. 하지만 이곳에 남아 있으면 그래도 괜찮을 걸?"

"세현이, 네 말을 믿고 사람들을 다시 지구로 불러들이긴 했는데, 정말 괜찮겠냐?"

재한이 조금 전의 여유로운 모습과는 달리 바짝 긴장한 얼굴로 물었다.

"걱정하지 마라. 행성 코어인 가이아가 분명히 약속을 했거든. 거기다가 얼마 전에 슬쩍 말을 전해 왔다니까. 지구에 대한 완벽한 방어를 생각 중이라고 말이야."

"그래. 그래서 네가 경험한 저쪽 평행차원에서보다 훨씬 많은 이면공간들이 사라지게 될 거라고 했지."

재한도 이미 세현에게 이야기를 들었기에 맞장구를 쳤다.

"그래. 그러니까 믿어. 적어도 지구 전체를 관리하는 행성 코어의 약속이니까 말이야. 원래 이 정도는 아니었는데, 아예 이번에 작정을 했다고 하더라. 에테르 기반 생명체와 지구의 연결점을 최소화하겠다고 말이다."

"하긴 네 말대로라면 더 이상은 천공기가 제 역할을 하기 어렵겠지."

"하하하. 대신에 이면공간 전송기는 제법 가치가 높아지지 않겠냐? 이번 일이 끝나고 나면 이면공간으로 가는 것은 무척 힘들어질 거다. 그러면 당연히 에테르 주얼이나 코어 같은 것의 가치는 어마어마하게 높아지는 거지. 물론 지구에 남아 있는 몬스터와 마가스들은 그야말로 귀중한 자원으로 취급이 될 걸? 남획 금지 뭐 이런 소리 나오지 않겠냐?"

"에테르 기반 생명체가 귀해지기는 하겠네."

재한이 세현의 말에 동감한다는 듯이 고개를 끄덕였다.

그리고 아직도 불안하긴 했지만 세현이 장담하니 미래 길드의 대원들과 그 가족들 전부를 다시 지구로 불러들인 것을 후회하지 않기로 했다.


　마법진의 색은 갈수록 밝아지더니 결국 엄청난 빛을 만들어
냈다.
　그리고 일순간 빛이 한계를 넘어서 폭발을 일으켰다.
　그것은 마치 섬광탄을 눈앞에서 터뜨린 것 같았다.
　지구의 종말을 지켜보고 있던 모든 사람들이 그 순간 눈을
감아야 했다.
　그나마 다행인 것은 그 빛이 눈에 고통을 주지는 않았다는
것이다.
　그저 순백의 색만을 모두의 뇌리에 남겼다.
　그리고 수십 초가 흐른 후, 사람들은 마법진이 사라진 밤하
늘을 볼 수 있었다.
　"뭐, 뭐야? 도대체 어떻게 된 거야?"
　"모, 몰라. 마법진이 작동한 건 맞는데?"
　"야! 여기, 미래 길드 대변인의 발표가 있어!"
　"뭐? 뭔데? 무슨 일이야?"
　사람들은 종말의 순간이 어이없이 허무하게 지나간 것을 느
꼈다.
　밤하늘에는 아무 일도 없었다는 듯 별이 반짝거리고 있을
뿐, 마법진은 흔적도 보이지 않았던 것이다.
　게다가 밤하늘에서 볼 수 있는 별들은 그들이 과거부터 봤던

것과 같았다.

적어도 지구가 이면공간으로 끌려 들어간 것은 아니란 증거
였다.


—지구를 이면공간으로 끌어들이려던 커다란 위협은 조금 전
에 사라졌습니다.

이것은 그 누구의 노력도 아닌 지구 그 자체의 힘입니다.

우리는 그 존재를 가이아라고 부릅니다.

지구를 관리하며 외부의 위협을 방어하는 지성체이지만 지구
에 직접적인 간섭은 지양하는 존재입니다.

일컬어 신(神)이라 해도 부족하지 않을 터입니다.

지구라는 행성 자체이며 또한 그 관리자인 가이아.

그 존재가 이번 거대 마법진의 발동을 막아냈습니다.

이제 지구가 이면공간으로 끌려들어 갈 위험은 사라졌습니
다.

하지만 그와 동시에 지구와 연결되어 있던 숱한 이면공간들
이 공간과 시간의 미아가 되어 사라졌습니다.

지구를 향했던 거대 마법진의 에너지와 지구를 지키려는 에
너지가 충돌하는 과정에서 일어난 일입니다.

우리는 그 이면공간들에 존재하는 모든 생명의 안전을 소망
합니다.

그러면서도 지구가 큰 위기에서 벗어난 것을 축하하지 않을

수 없습니다.

여러분, 이제 여러분을 위협하던 거대 마법진은 사라졌습니다.

또한 에테르 기반 생명체로부터의 위협도 현저하게 줄어들었습니다.

그러니 마음 편히 생활에 임하시기 바랍니다.

이런 소식을 전하게 되어 무척 기쁩니다.


"…이거, 정말이야?"

"그렇다잖아. 봐라 하늘에 마법진이 없잖아."

"새끼, 그거 말고!"

"그럼 뭐?"

"이면공간이 대부분 사라졌다잖아! 그거 말이야, 그거!"

"어라? 그러게? 아까 분명히 그렇게 말했지? 그럼 거기로 도망 갔던 사람들은 어떻게 되는 거야? 대부분의 천공기사와 헌터들이 넘어갔을 텐데?"

"그러니까 말이지. 그것뿐이냐? 사회 지도층이란 것들은 대부분이 넘어갔을 걸?"

"아니지. 인펙션 크라딧을 고용해서 지구에서 버티고 있던 놈들도 많잖아."

"그래도 이면공간에 갔다가 사라진 놈들이 훨씬 더 많을 걸?"

"하하하. 그거야 그렇지. 그럼 이제 어떻게 되는 거냐? 우리

대통령은 남아 있냐?"

"있겠냐? 떠도 벌써 떴겠지. 무슨 지하 벙커 이런데 숨어서 해결이 될 문제가 아니었으니까 벌써 이면공간으로 떴을 거야. 크크큭."

"왜 웃냐?"

"재밌잖아. 조금 있으면 곳곳에서 책임자 실종 사태가 벌어질 거 아냐? 하하하핫."

"지랄! 사회 전반이 흔들리게 생겼는데 웃음이 나오냐?"

"우와, 주인 없는 땅이며 건물이며 돈들이 넘쳐나게 생겼네? 하하하핫. 그거 어떻게 되는 거냐?"

"모르지……. 근데 그거 우리 좀 나눠주면 안 되나?"

사람들은 별 느낌도 없이 허무하게 지나간 지구의 위기를 크게 생각하지 않았다.

그것보다는 이면공간들이 사라진 것에 더 관심이 많았다.

이면공간과 그곳에 있던 사람들이 어떻게 되었을까 하는 것이 제일 궁금하게 여겼던 것이다.


\*                \*                \*


"태극 길드와 미래 길드가 대한민국을 좌지우지 하게 되었네?"

"뭐, 노력한 만큼의 성과라고 해야 하지 않겠냐?"

"노력은 개뿔."

세현이 재한의 말에 투덜거렸다.

세계 전체에서 많은 천공기사와 헌터가 이면공간으로 들어가서 실종이 되었다.

그리고 그것은 대한민국 역시 마찬가지였다.

하지만 그런 중에서도 유독 태극 길드와 미래 길드만은 그 구성원 전체를 이면공간에서 지구로 복귀를 시켰다.

그 상태에서 딥 임팩트가 벌어졌다.

사실 마법진이 사라진 직후에는 별일 아니란 식으로 치부가 되었지만 그 사건 이후로 이면공간이 거의 모두 사라진 것을 알게 되면서 딥 임팩트라는 이름이 붙었다.

별것 아닌 것 같았던 사건이 사실은 엄청난 후폭풍을 가지고 있었음을 알았기 때문이다.

어쨌건 딥 임팩트 이후로 미래 길드와 태극 길드가 온전히 남아 있는 대한민국은 세계에서 가장 강력한 천공기사와 헌터 전력을 지닌 나라가 되었다.

거기다가 미래와 태극은 서로 손을 잡고 태극의 미래라는 이름의 연합을 구성했다.

미래와 태극이 각각 독립적인 활동을 하면서도 특정한 문제에 대해서는 태극의 미래라는 연합에서 함께 대응을 하기로 한 것이다.

"그러니까 태극의 미래가 주로 하는 일이 외국과의 분쟁을 조율하는 거라고?"

세현이 재한을 보고 물었다.

"그런 거지. 아직도 대기 중에는 에테르가 적잖게 남아 있고, 이게 완전히 사라질 것 같지도 않은 상황이잖아. 그럼 재래식 병기는 여전히 큰 힘을 쓰지 못하고, 남은 것은 에테르를 사용하는 힘이지. 재래식 무기야 일반인들에게나 쓸모가 있는 거고, 천공기사나 헌터들에겐 별로 효과가 없으니까, 그 전력이 곧 국력이 되는 거 아니겠냐?"

"쉽게 말해서 둘이 편먹고 힘으로 찍어 누르겠다는 거네?"

"그렇게 막갈 수는 없지. 우리가 세계 전체를 상대할 수는 없으니까 말이야. 물론 너하고 형님, 형수님이 있으면야 뭐……."

"꿈 깨라! 초인이 괜히 초인이 아니다. 사소한 문제는 몰라도 영향력이 큰 일을 하려면 시스템의 간섭이 장난 아니니까."

"그래. 에테르 기반 생명체들의 위협이 사라진 지구에서 너나 형님, 형수님은 할 일이 없지."

"이런 말을 하긴 좀 그렇지만 결국 격이 달라. 반쯤은 다른 세상에 걸쳐 있는 이들이 초인이지. 그건 생각해 보면 에테르의 크기가 아니라 영혼의 문제야. 영혼의 성장이 능력의 성장이 된 경우지. 그냥 에테르만 많이 사용할 수 있다면 고철한 같은 경우가 되겠지. 그 경우에는 나보다 에테르를 많이 쓸 수 있으면서도 시스템의 제약을 안 받잖아."

"고철한의 격이 전혀 상승하지 못했다는 말이네?"

재한은 세현이 하는 말을 이해했다.

지금까지 제한적으로나마 가능했던 지구에 대한 간섭을 세현이나 강현, 아현 등이 이젠 하지 못하게 되었다는 것도 어렴풋이 깨달았다.

"고생했다."

재한이 세현에게 손을 내밀었다.

"너는 이제부터 고생해라. 그리고 될 수 있으면 대한민국 국민인 것을 자랑스러워할 수 있도록 좀 해보고."

"걱정하지 마라. 이번에 쓰레기들 다 치웠다. 그리고 크라딧이 되려고 인펙션 크라딧들 끌어 모으던 늙은이들도 이참에 슬슬 정리를 할 거다. 그럼 이 나라도 좀 더 사람을 위한 나라가 되겠지. 쥐새끼나 그네 뛰는 미친 것이 돼지를 살찌우는 나라가 아니라."

"뭔 소리냐?"

"아니, 그냥 헛소리다. 잘해 보겠다는 거지."

에필로그

## 에필로그

―이대로 끝났다고 생각하는 건 아니겠지?

고철한이 계단 아래에 서 있는 진세현을 보며 물었다.

"끝을 생각하면 지금이라도 할 수 있지 않을까? 내가 마음을 먹으면 지금의 너를 끝장내는 것은 어렵지 않을 것 같은데?"

진세현은 고철한의 물음이 가소롭다는 듯이 대답했다.

―뭐? 뭐라?

"백팔 이면공간 중에서 이젠 열 몇 개가 남았지? 열두 개의 크라딧 필드는 하나도 남지 않았고. 안 그래?"

―그래서 지금 진세현, 네가 나를 어떻게 할 수 있을 거라고 생각하는 거냐?

"웅! 적어도 지금 이 상황에서는 나 혼자서도 너를 어쩔 수 있을 것 같아. 왜, 아니라고 하고 싶냐?"

고철한은 진세현의 말에 자신의 허세가 통하지 않음을 알아차렸다.

─그렇게 할 수 있다는 것을 알면서도 그렇게 하지 않은 이유는 뭐냐?

고철한의 목소리가 낮게 가라앉았다.

"크라딧들을 모두 죽일 수는 없으니까. 그래도 네가 그들의 지도잔데, 네가 사라지게 되면 크라딧들은 어떻게 하냐?"

─내게 속하지 않은 크라딧들도 많다.

"그래. 하지만 그들도 결국은 200년 후에 사라지게 될 시한부 종족이라고 봐야지."

─그래서 내게 뭘 원하는 거냐?

"크라딧들 데리고 잘해 보라고. 너, 우리가 모를 거라고 생각하는 모양인데, 아직 거대 마법진 일부가 살아 있잖아. 그리고 그걸로 자연발생 돌연변이를 만들 수 있지?"

─어, 어떻게?

세현의 말에 고철한이 당황한 듯 목소리가 떨렸다.

에테르 생체구조로 만들어낸 아바타였지만 고철한의 빙의가 완벽한 상태였다.

"천공탑에 속한 이면공간도 얼마 남지 않아서 그 마법진을 제대로 쓰긴 어렵지만 일정 기간에 한 번씩 마법진의 영향력을 쓸 수 있는 걸로 알고 있다. 그걸로 돌연변이, 아니, 크라딧들이 만들어지면 그들 중에서 너에게 속할 이들도 적지 않게 생기겠지. 너, 지구로 통하는 통로 한둘 정도는 언제든 열 수 있잖아."

—뭐지? 지구 인류가 나태해지지 않게 만들기 위해서 나를 이용하겠다는 소리로 들리는데?

"아니, 그거야 어쩌다보니 생기는 효과고, 실제론 너를 건드릴 수가 없는 거다. 네가 나에게 직접 덤비지 않으면 나도 너를 어쩔 수가 없지."

—시스템?

"맞다."

—그럼 여긴 왜 온 거냐?

"이제 다시 볼 일은 없을 테니까 인사라도 하려고. 그냥 그렇게 서로를 잊으면 섭섭하지 않겠냐? 그리고 너도 언젠가는 껍질을 깰 수 있기를 빈다는 말도 전하고 싶었고."

—껍질을 깨라? 크하하! 마치 나보다 훨씬 높은 곳에서 나를 내려다보며 하는 말 같구나! 하하, 좋다! 인정하지. 지금은 네가 좀 더 위에 있다고. 하지만 나 역시 여기가 끝은 아니다. 기억해라.

"그래. 기억해주마. 뭐 한동안 지구 인류를 위한 아구 노릇이나 좀 하고."

—아, 아구?

"배 밑 선창에 물고기를 넣어 둘 때, 포식자 한두 마리 넣어두면 물고기들이 잘 죽지 않는다고 하잖아. 거기 아구를 잘 쓰거든. 그러니 지구 인류를 바짝 긴장시키는 역할인 네가 아구지. 하하하."

─너, 너……!

고철한이 머리끝까지 열이 오른 모습으로 진세현을 손가락질했을 때, 진세현의 모습은 씻은 듯이 사라지고 말았다.

─…홍, 도발인가? 의미 없는 짓을 하고 가는군.

고철한은 진세현이 사라진 자리를 쳐다보며 그렇게 중얼거렸다. 하지만 그 순간 고철한은 언젠가 반드시 자신의 영혼에 생긴 문제를 해결하고 시스템에 속한 영혼이 되고 말겠다는 의지를 불태우고 있었다.


*          *          *


"나는 아직도 멀었는데 세현, 당신은 이미 준비가 끝난 모양이네?"

진미선이 세현을 보며 말했다.

"저쪽 세상에서 워낙 얻은 것이 컸으니까. 솔직히 내 자신을 억눌러 놓은 상태로 지내는 것이 도리어 어려울 지경이었다."

"어떻게 된 거지? 나하고 같이 있었는데?"

저쪽 평행 차원에서 세현은 급격한 성장을 했다.

그것도 마지막 순간에 그렇게 된 것이라 진미선도 어떻게 된 일인지 알지 못했었다.

"누구에겐 찰나가 누구에겐 억겁이기도 하지. 뭐 그렇게 생각해라."

"숨기고 싶다면 내가 어떻게 할 수는 없지. 그래서 넌 이제 어쩔 건데?"

"어쩌긴 시스템이 자꾸만 간섭을 하니까 간섭을 받지 않을 곳으로 가야지."

"상위 차원?"

"일단 가서 보고 결정을 하려고. 거기가 마음에 들면 그곳에 머물고, 마음에 들지 않으면 또 더 높은 곳을 향해서 가는 거지."

세현은 그렇게 말을 하며 웃었다.

"부럽네. 상위 차원에 속한 영혼이 된다는 거잖아."

"곧 따라올 수 있을 텐데 부럽기는 뭐가 부러워? 잘해 봐라."

"말만이라도 고맙네."

진미선은 세현의 축원을 고맙게 받았다.

세현의 말에 힘이 실려 있음을 느꼈던 것이다.


"그래서 테멜 하나를 만들어 달라고?"

세현이 콩쥐와 '팥쥐'에게 물었다.

"음음. 우리 둘이서 테멜 하나 운영할 거야. 음."

"언니하고 나하고 둘이서!"

"잘할 수 있겠냐?"

세현이 물었다.

"음음. 원래 나는 디퀴피드, 행성을 지키는 존재야."

"나, 난, 에테르 코어. 코어는 생명체를 만들고 영혼을 부여해. 그리고 공간도 창조해서 유지할 수 있어. 이면공간은 그렇게 만들어지는 거야."

"그래서 둘이서 테멜을 운영하겠다고?"

"우리가 테멜의 코어와 하나가 되면 언젠가 새로운 세상을 탄생시킬 수 있어. 우주처럼 넓은 테멜을 만들 거야. 음음음. 대단한 거야!"

"난 생명을 창조하고 윤회를 만들 거야. 지금의 시스템이 하는 일을 할 거야."

세현은 '콩쥐'와 팥쥐의 머리를 손가락을 긁어 주었다.

"뭐야? 음음음? 나, 이제 '팥쥐'가 아니고 팥쥐야?"

팥쥐가 세현에게 물었다.

"너도 하나의 껍질을 깨고 나왔으니까."

"그럼 나는 왜?"

'콩쥐'가 물었다.

"너는 이제 또 새로운 껍질을 두르게 되었으니까."

세현이 대답했다.

"나하고 콩쥐하고 같은데 왜 달라? 음? 음음?"

"그래, 언니하고 나하고 왜 달라?"

금색 은색의 두 햄스터가 또랑또랑한 눈빛으로 세현을 쳐다봤다.

"껍질 하나를 깨고 나온다고 끝이 아니잖아. 성장에는 끝이 없어. 지금 팥쥐 발밑에는 깨진 껍질이, '콩쥐' 주변에는 튼튼한 껍질이 있어. 둘이 함께라는 것을 언제나 잊지 말라고. 너희가 깨고 나가야 할 벽은 여전히 존재하고 있다는 뜻이야. 여기서 너희가 다시 성장하면 그때는 '콩쥐'가 껍질을 깰 거고, 팥쥐가 껍질의 존재를 알게 되겠지. 그렇게 서로를 보면서 성장하라는 의미야."

세현의 말을 두 햄스터는 이해했다는 듯이 고개를 끄덕였다.

"테멜은 내가 하나 구해 줄게. 그걸 성장시키는 것은 너희가 알아서 할 일이고."

"음음. 그럼, 그럼 그 테멜은 세현이 목에 걸고 다녀 줄 거야?"

"맞아. 그렇게 해줄 거야?"

'콩쥐'와 팥쥐가 세현에게 색다른 요구를 했다.

"그래. 그렇게 해줄게. 너희가 있는 테멜은 언제나 나와 함께 하도록 해줄게."

세현은 '콩쥐'와 팥쥐에게 그렇게 약속을 했다.

두 햄스터는 그 약속에 앞니를 드러내며 즐거워했다.


오늘도 보석 시장은 뜨겁기 짝이 없었다.

딥 임팩트가 지나고 몇 년이 흐르지 않아서 지구상의 몬스터들은 거의 씨가 말랐다. 지금까지 지구에 남아 있는 몬스터들은 보호구역에 갇혀 있는 일부밖에 없었다.

그 때문에 지구 전체에 에너지 위기가 닥친 것은 어쩔 수 없는 일이었다. 그동안 거의 모든 기본 에너지를 에테르 주얼에 의지하고 있었던 지구 문명은 다시 과거로 돌아가야 하는가를 두고 갑론을박을 했다.

문명을 유지하기 위해선 에너지가 반드시 필요했다.

에테르를 사용하는 마법 공학이 발달한 지금의 지구 문명에서 화석 연료를 이용한 에너지나 전기 에너지는 에테르를 이용한 마법 공학에 비하면 효율이 너무 떨어졌다.

그런데 그 에너지 공급원인 에테르 주얼을 확보할 길이 막힌 것이다. 때문에 당장 사람들의 생활을 유지하기 위해서 과거 방식의 전기 에너지라도 끌어 써야 할 상황이 되고 말았다.

그 때문에 몇 년이 흐르는 동안 지구엔 전자기 기반의 문명과 에테르를 기반으로 하는 문명이 공존하게 되었다.

그래도 공해가 심한 에너지원은 다시 쓰지 않기로 했기 때문에 과거에 있었던 환경오염에 대한 걱정은 많이 줄어든 것은 다행이라고 할 수 있을 것이다.

그런 중에 에테르 기반 문명이 계속 유지될 수 있었던 것은 바로 이면공간 전송장치의 존재 때문이었다.

딥 임팩트 이후로 지구와 연결된 이면공간은 완전히 사라졌다. 그 말은 지금까지 천공기사들이 사용하던 천공기가 쓸모가 없어졌다는 말이었다.

천공기는 지구와 연결된 이면공간으로만 이동이 가능한 도구였는데 그 이면공간이 하나도 남아있지 않으니 천공기를 쓸 수가 없었던 것이다.

하지만 그런 중에도 지구와 멀지 않은 곳에 있는 이면공간으로 갈 수 있는 이면공간 전송장치들이 작동하는 것이 있었다.

다시 말하면 그 전송장치로 갈 수 있는 이면공간이 딥 임팩트의 충격을 피했다는 이야기였다. 그리고 그 전송장치를 이용하면 이면공간으로 이동하는 것이 가능했다.

지구 인류에게 에테르 에너지의 수급 방법이 아주 없어지지 않았다는 희망적인 소식이었다.

하지만 그런 전송장치의 수는 많지 않았다.

더구나 새로운 전송장치를 만드는 것은 거의 불가능했다.

원래 전송장치를 만들 능력은 지구 인류에겐 없었다.

그것은 이면공간에 거주하는 이종족들의 도움을 만들어지던 것이었다.

그런데 관리자의 개입 이후로 간신히 남아 있던 이종족과의 교류가 이번 이면공간의 증발로 인해서 끊어져 버렸던 것이다.

물론 그 내용을 자세히 살펴보면 미래 길드가 나서서 전송장치를 제작할 수 있는 이종족들과 다른 사람들의 접촉을 막아버린 면도 있었다.

딥 임팩트 이후로 미래 길드는 이종족들에게 지구 인류를 대표하는 단체로 인식이 되었고, 그 때문에 다른 이들과는 접촉 자체를 피하려는 모습을 보였다.

이종족들 대부분은 딥 임팩트를 일으킨 것이 지구 인류라고 믿었고, 그런 위험한 종족과 적당히 거리를 두는 것이 좋다고 여겼다.

그나마 미래 길드는 딥 임펙트를 전후로 이종족들에게 많은 도움을 줬기 때문에 '개중에서 믿을 수 있는' 무리라는 인식을 심어줄 수 있었다.

어쨌거나 결론은 지구에 유통되는 에테르 주얼의 대부분이 미래 길드나 미래 길드가 관리하는 이면공간 전송 장치를 통해서 들어온다는 것이다.

그러니 미래 길드는 지구의 에너지 시장을 장악하고 있는 것이나 다름이 없었다.

비록 겉으로 드러나지는 않았지만 에테르 주얼을 거래하는 보석 시장은 미래 길드의 손에 들어 있다고 봐야 했다.

고재한은 그런 엄청난 권력을 손에 쥐고 대한민국을 세계 제일의 나라로 만들기 위해서 애쓰고 있었다.

태극의 미래 연합은 그런 고재한을 연합회장으로 위촉했다.

"고인 물이 썩는다는 소리? 나도 알지. 그래서 나는 제법 많은 필터를 만들었거든. 거기다가 그 필터도 주기적으로 갈아주지. 걱정하지 마라."

고재한은 자신에게 권력이 집중된 것을 걱정하는 세현에게 그렇게 말을 했고, 그 말을 지켰다.

고재한은 가끔 말했다.

"미래 길드의 마스터는 여전히 진세현, 그놈이란 말이지. 그런데 미래 길드를 가지고 장난질을 치다가는 어떤 꼴을 당할지 모르지. 나야 뭐, 하던 대로 관리만 하면 되는 거지. 그리고 관리자로서 가질 수 있는 힘으로 내가 하고 싶은 걸 하면 되는 거고."

"그건 뭐냐?"
진강현이 세현에게 물었다.
"천공기."
"음? 천공기가 그런 식으로도 되는 거냐?"
강현이 보는 세현의 팔목에는 장식 없이 밋밋한 시계 모양의 장신구가 있었다.
세현은 그것을 천공기라고 한 것이다.
"이젠 천공기도 아니지. 테멜이야."
"테멜?"
"그 녀석들이 여기 있어."
"아, 무슨 소린지 알겠다."
강현도 '콩쥐'와 팥쥐에 대한 것을 알고 있었기에 쉽게 이해하고 고개를 끄덕였다.
"난, 이제 갈 거야."
"다시 볼 수는 있냐?"
강현은 굳이 어디로 가느냐고 묻지 않았다.
그렇게 묻기에는 세상이 너무 넓었다.

"뭔들 못하겠어? 마음에 걸림이 없으면 어떤 것을 해도 좋은 거 아니겠어?"

"마음에 걸림이 없다는 것이 어디 쉽냐? 더구나 너처럼 세상을 훌훌 털어버린 놈이면 더더욱 그렇지. 넌 어릴 때부터 그랬어. 좀 허허롭고 그랬지."

강현은 세현의 과거를 떠올리며 말했다.

"아마도 내 영혼이 원래 그랬던 모양이지. 형이 이해해."

"그래, 알았다. 이놈아."

"참, 조카가 크면 한 번은 꼭 보러 올게. 잘 있어."

세현은 그 인사와 함께 강현의 눈앞에서 사라졌다.

이미 인사를 해야 할 사람들은 모두 만난 후였다.

마지막으로 남은 형제의 이별이었을 뿐.

"또 보자."

강현의 인사가 빈 허공을 떠돌았다.

『천공기』 완결

작가의 말

천공기가 이렇게 끝을 맺었습니다.

후반부에 세현과 진미선이 평행차원을 넘어가서 활동하는 내용을 쓸까 했습니다만, 사족이 될 수도 있을 것 같아서 과감하게 잘라냈습니다.

시원섭섭하기는 언제나 글을 마칠 때마다 그러합니다.

이번 역시 그런데, 다만 아쉬움이 큰 것을 보면 많이 모자라지 않았는가 합니다.

최선을 다해야 한다는 생각은 언제나 하지만 결국 그렇게 하지 못하는 것을 후회하는 경우가 많습니다.

이번 글을 쓰면서도 역시 그랬던 것 같습니다.

큰 그림을 그리려고 시작했던 글인데, 왜 쓰면서 점점 왜소하게 변해 버렸는지 아쉽고 또 아쉽습니다.

하지만 못난 손가락도 제 손가락이지요.

천공기.

제가 제 속으로 낳은 또 하나의 글입니다. 그것을 부정하지 못하기에 이 글 또한 제겐 귀한 자식입니다. 독자님들이 보시기에 못난 아이더라도 저는 아끼고 사랑합니다. 그런 글을 끝까지 읽어주신 여러분께 감사의 인사를 드립니다.

고맙고 감사합니다.

다음 글에선 절대 후회하지 않겠다고 다짐하지만, 그 약속은 지켜지기 어렵겠지요. 하지만 언제나 그러하듯, 다음 글에서는 좀 더 나은 글을 쓰겠다고 다짐해 봅니다. 모쪼록 못난 글쟁이의 글, 끝까지 관심 가져주시길 엎드려 바랍니다.

감사합니다.

# 초대형 24시 만화방

## 신간 100%, 샤워실, 흡연실, 수면실(침대석), 커플석, 세탁기 완비

### ■ 강북 노원역점 ■

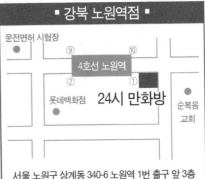

서울 노원구 상계동 340-6 노원역 1번 출구 앞 3층
02) 951-8324 (화용빌딩 3층)

### ■ 일산 정발산역점 ■

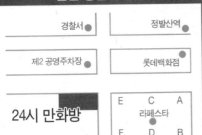

라페스타 E동 건너편 먹자골목 내 객잔건물 5층
031) 914-1957

### ■ 일산 화정역점 ■

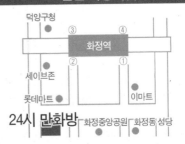

경기도 고양시 덕양구 화정동 984번지 서일빌딩 7층
031) 979-4874 (서일사우나 건물 7층)

### ■ 부천 역곡역점 ■

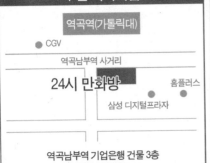

역곡남부역 기업은행 건물 3층
032) 665-5525

### ■ 부평역점 ■

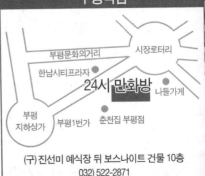

(구)진선미 예식장 뒤 보스나이트 건물 10층
032) 522-2871

네르가시아 장편소설
FUSION FANTASTIC STORY

# 도시 무왕 연대기

글로벌 기업의 후계자 감태하.
탄탄대로를 걷던 그에게 거대한 음모가 덮쳐 온다!

# 『도시 무왕 연대기』

가장 믿고 있었던 친척의 배신,
그가 탄 비행기는 추락하고 만다.

혹한의 땅에서 기적같이 살아나
기연을 만나게 되는데……

모든 것을 잃은 남자,
감태하의 화끈한 복수극이 시작된다!

Book Publishing CHUNGEORAM

*paráclito*

# 빠라끌리또

FUSION FANTASTIC STORY

가프 장편소설

막장 비리 검사가
최고의 검사로 거듭나기까지!
그에겐 비밀스러운 친구가 있었다.

## 『빠라끌리또』

운명의 동반자가 된 '빠라끌리또'가 던진 한마디.

-밍글라바(안녕하세요)!

그 한마디는 막장 비리 검사, 송승우의
모든 것을 통째로 리뉴얼시켜 버렸다.

빠라끌리또=Helper, 협력자, 성령.

Book Publishing CHUNGEORAM

유행이 아닌 자유추구 -
WWW.chungeoram.com

허담 新무협 판타지 소설
FANTASTIC ORIENTAL HEROES

신력을 타고났으나 그것은 축복이 아닌 저주였다.

『십자성 - 전왕의 검』

남과 다르기에 계속된 도망자의 삶.
거듭된 도망의 끝은 북방 이민족의 땅이었다.
야만자의 땅에서 적풍은 마침내 검을 드는데……!

"다시는 숨어 살지 않겠다!"

쫓기지 않고 군림하리라!
절대마지 십자성을 거느린
적풍의 압도적인 무림행이 시작된다!

Book Publishing CHUNGEORAM

 유행이 아닌 자유추구 -
WWW.chungeoram.com

# 이계진입 리로디드

## 임경배 퓨전 판타지 소설

FUSION FANTASTIC STORY

Book Publishing CHUNGEORAM

유행이 아닌 자유추구 -
WWW.chungeoram.com

# paráclito

# 빠라끌리또

FUSION FANTASTIC STORY

가프 장편소설

막장 비리 검사가
최고의 검사로 거듭나기까지!
그에겐 비밀스러운 친구가 있었다.

## 『빠라끌리또』

운명의 동반자가 된 '빠라끌리또' 가 던진 한마디.

－밍글라바(안녕하세요)!

그 한마디는 막장 비리 검사, 송승우의
모든 것을 통째로 리뉴얼시켜 버렸다.

빠라끌리또=Helper, 협력자, 성령.

Book Publishing CHUNGEORAM

유행이 아닌 자유추구 -
WWW.chungeoram.com